어린이의 마음으로

어린이의 마음으로

아침달

우리가 나누고 있는 둘레 속에서

함께한다는 것을 자주 생각해보는 시절입니다. 더 나은 세상을 위해서, 서로를 돕고 다양한 존재를 헤아리며 살아가는 일에서 종종 우리는 삶의 기쁨도 슬픔도 느낄 수 있는 듯합니다. 얼마 전엔 어린이날 100주년을 기념하여, 전국 각지에서 축하하는 자리가 마련되기도 했습니다. 100년이 지나도 어린이가 지금보다 더 안전하고, 아름다운 세상에서 살길 바라는 마음은 변함없습니다.

어린이의 마음을 온전히 다 헤아릴 수는 없을 것입니다. 우리가 나눠 가진 입장은, 가끔 충돌하기도 하고 양보하기도 하며 그렇게 질서를 만들어갑니다. 그 안에 가려진 어려움을 서로 돕고 지혜를 발견하기도 하고요. 어린이의 마음을 빌려 생각하게 되면, 우리가 지나왔던 시간에 대해, 머지않아 당도할 시간에 대해, 그리고 지금 함께 더불어 살아가는 시간에 대해 자연스럽게 떠올리게 됩니다. 삶이 빠르고 복잡하게 흘러가는 동안, 우리가 나누고 있던 둘레가 더 이상 희미해지지 않도록 다양한 방법으로 존재하는 것들을 사유하고 또 지켜나가기도 하지요.

『어린이의 마음으로』는 시인들의 시와 산문을 통해 어린이의 존재를 문학적으로 환기하고 사유하고자 하는 마음에서 시작되었습니다. 작가들 저마다 만나고 있는 어린이의 형태는 다르지만, 그 구심점에는 어린이가 살아갈 아름다운 세상과 건강한 삶을 응원하고 바라는 마음이 담겨 있기도 합니다. 육아와 노동에서 겪고 있는 어린이라는 현장을, 또 자신의 유년으로 돌아가 미처 헤아리지 못했던 감춰진 마음을 어루만지는 회고, 일상을 살아가다 만난 어린이가 문득 남겨두고 간 진실, 어린이라는 세상에서 주변이 되어가는 어른의 몫을 엿볼 수 있는 시와 산문이 수록되어 있습니다.

보이지 않는 것을 말하며 암시하고, 끝끝내 닿으려는 것이 문학의 여정이라면, 우리에게는 아직도 읽고 쓸 것이 더 많이 남아 있는 듯합니다. 다양한 작가가 자신의 체험에서 길어 올린 시와 산문을 통해, 우리는 보호와 돌봄을 받을 권리가 있는 어린이의 존재를 한 번 더 돌이켜보게 될 것입니다. 나아가 더불어 살아갈 세상을 아름답게 조감하는 우리 모두의 몫을 나눠 갖는 것입니다. 이 책에 수록된 작품들이, 이 마음에 대한 여운과 잔상을 오랫동안 남기며 함께 돌이켜 볼 수 있는 희망을 조금 더 생각하게 만들기를 바라는 마음입니다.

어린이가 마음껏 웃고 뛰놀 수 있는 세상, 우리는 그 낮은 울타리 너머의 어떤 어른이 되어가고 있는 것일까요? 희미해져 가던 둘레를 다시 고쳐 입고, 함께 깨닫고, 함께 느끼며, 함께 나아가는 세상이기를 꿈꾸고 싶습니다.

2022년 5월
아침달 편집부

목차

여는 글

시

$$\boxed{\text{산문}}$$

여는 글

동심, 단 하나의 진실

빛

'상처받은 내면아이 치유' 프로그램에 참여했을
때, 내가 본 것은 빛과 하느님이었다. 무언가에 들려
서 무엇이라도 꼭 붙들어 악착같이 살고 싶었던 때
였으므로, 없는 것이라도 만들어 있는 것으로 믿어
야 하는 시절이었다. 하느님이 어떻게 생겼는지 모
르지만 모습 없이 있는 하느님은 놀랍게도 갓 난 내
두 눈에 빛을 부어주시며 이렇게 말씀하셨다(고 나
는 들었다). "나를 찾는 데 쓸 빛이란다." 내가 하는
말이라면 정말로 믿어주는 어린이에게 들려주려고
이렇게 적어두었다.

"나를 찾는 데 쓸 빛이란다."

갓 난 내 두 눈에
부어주고서

하느님은 숨어,

나 오기를 기다리리

아니라고 말할 수 없는

모든 것 속에

하느님은 숨어서

— 이안, 「숨바꼭질」 전문

우리에게는 찾아가야 할 무언가가 날 때부터 이렇게 부어졌으니. 그것이 하느님이든 시든 사랑이든 그 무어든 간에.

어린이의 온도

그러니까 나는 아주 옛날 사람이다. 열 살 때 동네

에 전깃불이 들어왔다. 등잔불 남폿불 촛불에 기대
어 사는 산골 마을의 밤은 하늘이 사철 별들로 가득
찼다. 6.25 때 사람 죽은 피가 검은 선지처럼 많이
흘러서일까. 우리 동네 별똥은 모두 선짓재 너머로
만 떨어졌다. 옛날 사람 정지용의 어린이와 내 어린
이가 다르지 않은 건 바로 이런 대목 때문이다.

마음에 두었다

다음날 가보려,

벼르다 벼르다

이젠 다 자랐소.

— 정지용, 「별똥」 전문

"다음날 가보려" 콕(,) 마음에 점을 찍으며 벼르고 벼르기만 하고 끝내 가 보지 못한 시간과 장소. 거기서부터 쉬지 않고 떠나오고 또 떠나왔지만, 꼭 그곳에 다시 도착하기 위해서 조금이라도 더 떠나오려고 기를 쓴 것만 같을 때가 있다. 내 어린이의 최대 관심사는 생존이었다. 어떻게 하면, 어떻게든 어떻게든 기를 쓰고 살아남을 수 있을까. 내 어린이는 언제나 자기 생의 맨 앞에 있었다. 어린이의 삶은 전쟁의 최전방에서 치러야 하는 전투 같았다. 어린이가 구사하는 언어는 미지근한 후방의 언어가 아니었다.

생의 에너지로 가득한 이른 봄날, 아직 잎이 나지 않은 나뭇가지는 잘린 채 거꾸로 땅에 꽂혀서도 새잎을 낸다. 나는 살아 있는 것에서 뿜어져 나오는 이런 생기(生氣)가 무섭다. 다 자란 모과나무는 겨울 전에 잎을 떨군다. 그러나 어린 모과나무는 겨울이 돼도 잎을 떨구지 않는다. 악착같이 조금이라도 더 자라야 하기 때문에 잎을 떨구고 쉴 시간이 없다. 차가운 겨울 낮에 나뭇가지를 만져보면 죽은 나뭇가지는 햇볕을 받아 미지근하지만, 산 나뭇가지는 아주 차갑다. 산 것의 피가 흐르고 있으니까. 나는 생명이 지닌 이런 본성 같은 것, 생기를 믿는다. 내가 아는 어린이의 온도는 겨울 나뭇가지처럼 차갑고, 차가워서 생기롭고 삼엄하다.

유전

어렸을 때부터 손바닥에 피가 통하지 않을 정도로 주먹을 꽉 쥐고 자는 버릇이 있다. 얼핏 잠에서 깨어 보면 아버지는 내 손가락을 하나하나 펴주며 이렇게 걱정하셨다. "그러다 마음까지 굳어질라!" 그런데 이 버릇은 좀처럼 고쳐지지 않았다. 어른이 되어서도 잠에서 깨면 주먹을 너무 꽉 쥐고 자느라 생긴 손톱 자국이 손바닥에 짙게 박혀 있었다. 그런데 아이가 태어나고 보니 나랑은 영 딴판이었다. 주먹을 쥐기

이안

는커녕 늘 손바닥을 훤히 내보이며 자는 게 아닌가. 나는 아이의 손가락을 접어주며 내 아버지와 정반대 걱정을 했다. "그러다 마음까지 물러질라!"

아버지와 나와 내 아이를 생각해보면 이상하게도 극에서 극으로 유전하는 무언가가 있다. 내 어린 시절의 과부족은 아이에게 이르러 지나치게 넘치는 것이 되고, 특정 시기에 제대로 치러내지 못한 분리의식은 그 나이가 된 내 아이를 껴안고 떠나보내지 않는 것으로 나타났다. 그때 내가 꼭 껴안고 떠나보내지 않은 것은 내 아이가 아니었다. 고향과 부모의 품으로부터 폭력적으로 분리되느라 잔뜩 상처를 입고 어른이 된 그때까지도 여전히 내 안에 웅크리고 살고 있던 열네 살의 나였다. 어떤 사람은 자기 아이에게 "발자국이 찍히지 않은 눈밭을 선물하고 싶다"라고 했지만, 나는 그러지 못했다. 부모에게 물려받은 눈밭에도 자식에게 물려준 눈밭에도 없었더라면 좋았을 발자국이 너무 많았다.

세상의 모든 어린이들에게

의자가 아무리 많아도
채송화 앞에는 절대
의자를 갖다 놓지 말자

채송화 앞에 쪼그리고 앉아
발바닥에 오르는
전기를 기다릴 수 있게

지금 채송화에
하양 노랑 자줏빛
꽃 전구가 켜져 있다면

방금 전까지
채송화 앞에
쪼그리고 앉아

이안

발바닥 전기를 찌릿찌릿

채송화에 주고 간

한 아이가 있었다고

말할 수 있게

— 이안, 「채송화」 전문

'올해의 꽃'으로 채송화를 선정한 건 무슨 특별한 작정이 있어서가 아니었다. 몇 해 전 여름, 충주 시내를 걷다가 은행나무 가로수 아래 소복이 돋아난 채송화를 만났다. 벌써 대부분 빤짝빤짝 꽃을 피웠지만 개중에는 아직 참새 발가락만큼 어린것도 있어서 가까운 슈퍼에서 종이컵을 하나 얻어 몇 포기 옮겨 담았다. 문 앞 화단에 심어 두고 풀을 뽑아주니 야금야금 자라나 이내 몇 송이 꽃을 피울 만큼이 되었다. 그 얼마 안 되는 꽃을 신기하고 귀하게 보면서도 정작 씨앗 받을 생각은 하지 못했다. 겨우 얻은 기쁨을 제대로 간수 못 하고 잃은 것이 뒤늦게 서러웠다. 그러나 이듬해 풀을 뽑다 보니 어린 채송화 몇 포기가 갸웃갸웃 올라와 있는 게 아닌가. 채송화는 씨앗으로 번식하는데 한 꽃에 드는 씨앗이 많아 따로 거두지 않아도 저절로 대를 이어간다는 걸 새삼 깨달았다. 풀만 적당히 쫓아주면 대가 끊기는 불상사는 생기지 않으니 가꾸는 데 그리 애먹을 일이 없다.

채송화가 자라는 문 앞 화단 자리는 특별하다. 한해 동안 눈여겨보고 싶은 꽃을 심어두고 들며 나며 눈을 맞추곤 한다. 몇 해 전엔 아주까리가 주인이었고, 지난해엔 해바라기가 주인이었다. 그 사이 어느해엔 접시꽃이 주인인 적도 있었다. 자라는 것 앞에서 이런저런 이야기를 궁리해보고 놓아주고 하면서 한 줄 한 줄 시를 길러본다. 가령 창밖 화단에 일렬로 해바라기를 파종하고 해바라기 블라인드를 설치했다고 짐짓 너스레를 떨어보는 식이다. 넉 달에 걸

이안

쳐 천천히 위쪽으로 올라가며 펴지는, 세상에서 가장 느린 해바라기 블라인드. 발치엔 채송화가 자랄 테니 여름이면 하양 노랑 자줏빛 레이스가 달린 블라인드가 완성되리라. 모가지를 거두지 않는다면 딱새 박새 오목눈이가 날아와 일용할 양식을 물어 나르고, 어느 날엔 희끗희끗 쳐지는 첫눈 블라인드와 만나기도 하겠지.

어떤 시는 해바라기 블라인드처럼 천천히, 아주 천천히 온다. 파종하기 전부터, 그러니까 해바라기를 좀 심어보자고 생각한 아주 여러 해 전부터.

채송화는 더 먼 시간을 건너서 내게 도착했다. 채송화 꽃잎에서 나는 빛은 유별나서 '반짝'이라는 말로는 부족하다. 어렸을 적 뒷간이나 외양간 여물통 위쯤에 내걸렸던 오촉 전구에도 채송화의 하양 노랑 자줏빛이 칠해져 있었다. 채송화에선 퀴퀴한 뒷간 냄새가 나고, 물컹한 소똥 냄새가 나고, 우적우적 씹어대는 암소의 여물 냄새가 나고, 아버지 어머니의 몸에 전 땀내가 나고, 콧물에 절어 반들반들 광이 나던 어렸을 적 소매 냄새가 난다. 내 의지와 상관없이 강제로 추방당한 시간과 장소의 냄새.

이지(李贄, 1527~1602)는 견문(見聞)이 들어와 사람을 주재하게 되면서 타고난 본바탕인 동심이 사라진다고 보았다. 말하자면 여덟 살, 제도 교육에 내던져진 순간부터 나는 동심의 세계에서 추방당했다. 어떻게 하면 되찾을 수 있을까. 무엇보다 먼저, 모어가 아닌 표준어의 세계에서 살아남기 위해, 이방인임을 감추려고 아등바등 장만해온 의자를 치우지 않으면 안 된다.

의자에 앉은 채로는 채송화에게 갈 수가 없다. 채송화에게 가자면 내 낡은 몸을 태워 얻은 발바닥 전기가 필요하다. 채송화 앞에 쪼그리고 앉아 의자처럼 딱딱해진 나를 연소시킬 때, "방금 전까지 / 채송화 앞에 / 쪼그리고 앉아 // 발바닥 전기를 찌릿찌릿 / 채송화에 주고 간 / 한 아이"를 만날 수 있다. 죽지도 사라

이안

지지도 않는, 내 안에 영원히 살면서 내가 찾아와 주기를 기다리는, 내가 빼앗긴 아이. 두터이 자란 이끼를 들어내면 거기 생흙처럼 남아 있는 본바탕으로서의 동심이 드러난다.

오늘의 나를 태운 자리에서 채송화가 피어난다. 어른이 되느라 하나씩 늘려온 의자를 치우고 날것으로 직면한 자기의 본바탕, 그것을 채송화 앞에 쪼그리고 앉아 만났다. 그때, 채송화 꽃잎은 찌릿찌릿, 더없이 유난하였다. 그 아이 손을 잡고 올해는 무슨 시를 길러볼까. 흰 구름 속에서 어렵사리 구해온, 두 번 꽃이 핀다는 목화 이야기를 길러볼까. 세상의 모든 그 아이들에게, 이미 오래전에 빼앗겼으나 되찾은 이야기를 찌릿찌릿, 들려주고 싶다.

동심, 단 하나의 진실

까마중은 우리나라 어디에서나 흔히 볼 수 있는

한해살이풀이다. 꽃은 하얗고 열매는 익으면서 먹처럼 새까매진다. 한 번 보면 잊히지 않을 만큼 앙증맞게 생겼다. 여름에서 늦가을까지 흰 꽃과 까만 열매를 한 그루에서 잇따라 만날 수 있다. 흰 꽃은 까만 열매로 이동하고, 까만 열매는 다시 흰 꽃으로 이동한다. 이 무한 순환의 시간을 맘속으로 가만가만 걸어 보노라면 삶의 방향을 하나만으로 오로지하는 어떤 정신이나 태도 같은 것을 만나게 된다. 간단하고 명료하며 단순하고 소박하기만 한 것.

지난해에 이어 올해에도 제주 사계초등학교에서 4일 동안 각각 8시간씩, 2학년 3학년 어린이들에게 동시 이야기를 들려주고 시를 썼다. 사계초 운동장에선 용머리해안, 형제섬, 산방굴사 등과 함께 이 지역의 대표적 관광지인 산방산이 떡하니 바라다보인다. 교실 앞에 '학원지'(근원을 배우는 못)라는 작고 얕은 연못이 있고 이 연못에는 맹꽁이가 산다. 맹꽁이와 말을 주고받을 수 있다던 2학년 여자아이는 전

이안

학을 갔다고 했다. 3학년이 되어서도 같은 주장을 하는지 이번에 만나서 꼭 물어보고 싶었는데.

연못가 돌 사이엔 미니 마거리트가 약간 좋다 싶을 정도의 체구로 보기 좋게 피어 있다. 미니 마거리트 꽃말은 '진실한 사랑', '자유', '예언'이다. 어린이들의 배움터에 어울린다. 꽃은 어째서 영원의 돌이나 바위에 기대길 좋아하고 돌이나 바위는 어째서 순간의 꽃을 자기 앞에 두길 좋아하는지. 이런 마음은 대체 어디에서 오는 건지. 지나쳤다가 올해는 바짝 들여다보게 된 것이 이 학교 교가다. 윤석중이 썼다.

굴속에 있는 절 산방굴사/언제나 정한 물 떨어지네/물방울 바윗돌 뚫고 말듯/굳은 뜻 세우며 길 트이네//나란히 묻은 섬 형제섬은/바람도 파도도 같이 막네/물속의 저 바위 본을 받아/나란히 우리도 서로 돕자

— 제주 사계초등학교 교가 전문

주변 자연물에서 사람이 갈 길을 이끌어내는 전형적인 방식의 교가이지만 여기에는 언제까지나 변치 않을 사람살이의 이치와 방향이 새겨져 있다. 정한 물방울의 굳은 뜻이 바윗돌을 뚫고 말듯이 떨어지는 그 힘으로 길은 트이는 것이며, 바람과 파도를 맞는 게 아니라 막는 거라고 어떻게든 역전시킬 때 조금이라도 보람 있는 말과 글자가 된다는 간곡한 마음이라니. '바늘로 우물 파기'(오르한 파묵)란 말과 다를 게 없다.

이번에 3학년 어린이가 쓴 시에서도 이런 정신이나 태도가 발견된다.

토마토 씨앗을 심었다. 예쁜 말도 해주고 물도 많이 주었는데 나지 않았다. 다음 날 새싹이 나오고 있었다. 나는 격려 말을 해주었다. 새싹이 많이 자라고 토마토가 열렸다. 키는 그대론데 토마토는 열렸다. 키가 작든 말든 토마

이안

토는 토마토다.

— 김희율, 「토마토」 전문

첫 문장의 시간에서부터 마지막 문장의 시간에 이르기까지 이 어린이가 토마토에 쏟은 마음의 과정이 정한 물방울이 마침내 뚫어낸 바위의 과정, 길이 트이는 것과 조금도 다르지 않다. 생명과 사람과 문장의 길이 산문시 안에 온전히 통합되었다.

'까마중'이란 제목으로 쓴 시를 칠판에 적었다. 두 곳에 동그라미를 치고 거기 들어갈 말을 맞혀보자고 했다. 다음 동그라미 안에 들어갈 말은 무엇일까요? 이 글을 읽는 독자 여러분도 맞혀보시기 바란다.

하얀 꽃 까만 열매
○이 까매요.

까만 열매 하얀 꽃

○이 하얘요.

— 이안, 「까마중」 전문

이 시에는 이런 주를 붙여놓았다. "까마중 꽃말:
동심, 단 하나의 진실." 문제가 나가자마자 어린이들
이 손을 번쩍번쩍 들었다. 입, 손, 속, 맘, 똥, 눈, 품,
몸, 색, 말……. 조금씩 근사한 말이었지만 꼭 그 말은
아니어서 아쉬운 참에 어디선가 "○?" 하는 소리가
들렸다. 내가 그곳을 가리키며 "정답!"을 외치자 어
린이들의 환호와 박수가 터져 나왔다. 정답을 맞힌
사람은 담임선생님이었다. 선생님 얼굴이 열 살 어
린이처럼 발갛게 상기돼 있었다.

이 이야기가

너로 인해 이어지기를 바란 적 있었지

오늘의 뉴스

금정연

김소율도머리이렇게묶었는데
네가 말했고 나는 알아듣지 못했다
김소율이 친구라는 것도 실은
누군가의 이름이라는 것도

너는 새로 산 거울을 보면서 말했어
김소율네 집에도 네모난 거울 없겠지?
네 방 동그란 거울을 들여다보면서도
김소율네 집에 이런 거울은 있을 거야

김은 종이로 만들었지
혀로 김을 녹이던 너는 웃고
그리고 발견한다
김이랑 김소율 둘 다 기가 있네!
김이 조금 녹았기 때문일까
아마도 열두 번째나
스물일곱 번째의

발견

더 많은 이름은 있다
소율이 건우 갈색
옷을 입은 친구
서현이네 아빠는 코로나에 걸렸다
콧물이 나서 병원에 간
시우는 주사를 맞았는데

차를 타고 오는 애들도 있어
그런데 차를 못 타서 택시를 타고
온 친구도 있대

고양이 두 마리 지나간다

영어 선생님은 오늘 없고
할머니 선생님은 이야기를 들려주는데

너는 속삭이고
선생님이 웃는다
웃는 선생님이 내게 말한다

"오늘 아침은 쌀쌀하대요"

금정연

세상에서 가장 멋진 새

김복희

세상에서 가장 멋진 새를 볼 수 있을까

얼마나 멀리 갈 수 있는지 물어본 거야

손톱만 한 새 쌀알만 한 새

먼지만 한 새

눈이 멀 정도로 흰 새를 말하는 거야

날개 사이로 머리를 묻고 잠든 거위나 백조,

그런 새들도 흰빛은 흰빛이지만,

그 새들의 깃 사이에 잠든 새

새들의 새

세상에서 가장 멋진 새를 말하는 거야

부리부터 두 눈까지 두 다리까지 꽁지의 마지막

깃까지

순간보다

깨끗한

아주
희미한

숨 쉬듯 나는 새를 말하는 거야 날갯짓에 깃든
눈 폭풍이나 해풍의 은유를 말하는 거야
비 오는 날 비를 맞으며 일해도 잘못된 느낌이 들
지 않는 것
온몸이 바람에 뒤덮여 있음을 변명하지 않아도 되
는 것
혼자

추락도 비상도
공중에 기대어

흰

김복희

연기 혹은 유령

김상혁

대형마트 에스컬레이터 상행선, 엄마 아빠 사이
한 아이가 양편 힘센 팔에 매달려 자꾸만 자기 발 띄
우며 노는 것을 보니 저 가족들 생각에 행복한 사람
의 발이란 공중으로 몇십 센티미터 떠 있는 모양이
리라 구름에 뜬 기분이란 천국처럼 까마득할 뿐이고
먼지와 불빛에 시달리다 마트 지하 주차장으로 서서
히 내려가는 길이 행복하기란 쉽지 않다

마트 앞 식당 야외 테이블에 친구와 둘이 앉아 고
기 굽는 중 그가 먼 공사장 쪽을 가리키며 말하길 저
기 올라가는 아파트가 내년 자기 가족이 들어갈 곳
이라 하는데, 아니 이봐! 주변 사람 챙기다 자기 무
덤 판다는 얘기나 듣는 친구에게 이런 신통방통한
능력이 있었다니? 놀라고 기뻐서 그런지 평소 역해
서 잘 넘기지도 못하던 고기가 오늘 자글자글 보기
좋게 익어가네

연기 혹은 유령처럼, 끝없이 피어오르는 기분을
떠올리는 가운데…… 이번 달로 애견인 정기 모임도

끝이로구나, 5세 이하 출입금지 애견 카페에 앉은 셋 중 하나의 배가 다 부풀었기 때문이다 아, 정말 시원하다! 우리는 차디찬 커피를 빨대로 들이켜면서 친구의 동그랗고 무거운 배 위에 번갈아 손바닥을 올려다보았다

김상혁

세상의 아이

김소형

법원은 평화롭게 빛을 반사한다

반사광 아래로 천막이 펼쳐진다
천막에서 들리는 음악 소리

다음 생에 봐요

어린아이들이 인사할 때

거리를 채운
낙산홍 열매가 묻는다

너희의 하루가
다음 생이라면

흙이 흙을 덮는 풍경

터널을 지나
흙을 갈아엎는 굴삭기를 구경한다

송전탑을 따르는
담쟁이덩굴의 줄기를 따라

노인들은 정자에 앉아 사진 찍고

빛의 자손들은
태양처럼 늙어버린다

오늘은 아이처럼 걸어야지
천막에서 들리는 음악을 따라
노래하다가
노인이 되어야지

어제는 산책을 했고

김소형

우리는 다시
있었고

김소형

잊었던 용기*

남지은

늦었네 들어가자
그런 말이 당신을 덜 다치게 하고
어딘지 모를 집으로 되돌아가게 한다

좋은 엄마가 되고 싶고
좋은 그림을 그리고 싶어

좋은 그림이란 뭘까

그리고 싶은 그림을 그린 거지

당신이 살고 싶은 집
당신이 바라온 가정
당신이 지켜낼 가족

어딘지 슬픈 구석이 있는

★ 휘리의 그림책 『잊었던 용기』(창비, 2022)의 제목을 빌려 썼다.

네가 만든 그림책을 좋아해
네가 만드는 가장 첨단의 것
네가 네 힘을 들여 이루는 모든 것

어릴 땐 지루했는데 재밌어진 것도 있어
목기러기와 떨잠
물두멍
가락지 연적
까치와 호랑이 돗자리
갈모와 둥구니신
눈끔적이 탈
소 등에 올라탄 어린아이 그림

옛 물건을 깎고 엮고 새긴
옛사람의 생각을 생각하다 보면

그림책을 며칠씩 끌어안고

남지은

이 종이 이 판형 이 서체를 고집한
뜻을 헤아리다 보면
눈먼 사랑에 빠지게 되는 법이지

책이 된 그림과 원화는 왜 늘 조금씩 다른 느낌을
줄까

너희 집 너희 가정 너희 가족 이야기를 전해 듣는
것과
구두를 벗고 손을 씻고 아이를 안아 올린 너의 심
정은 좀 다른 국면일 것이다

그림을 망친 아이처럼 당신이 울 거라면
다시 잠들 때까지 조금 더 자랄 때까지
세상 모든 그림책을 읽어줄게
미술관에도 박물관에도 수목원에도 다 데려갈게

좋은 이모 되고 싶다
좋은 말을 고르고 빚어서 아기 손에 쥐어줄

우리가 꿈꾸는 가족
비어 있는 화면에 의미를 더하면서
더 큰 사랑을 이룩하게 될 때까지

남지은

코끼리 다리로 종일 서 있다
건물 기둥이라도
되고 싶은 거니?

　닭장처럼 비좁은 강의실에서 종일 약이나 팔고 있
는 난 스카이도 안 나왔는데요 종일 서서 결근한 선
생님들 땜빵 수업을 하면서 나무젓가락 같은 종아리
가 퉁퉁 부어올라 코끼리 다리로 변하는 마술쇼를
보여줬더니 저런 애도 써먹을 때가 있다며 계약직으
로 채용됐는데요 다섯 살짜리 코흘리개도 유치원을
마치면 대치동 학원가를 밤 열시까지 뱅글뱅글 돌면
서 뭐라도 배워야 먹고사는 세상이거든요 혼자 뒤
도 못 닦는 애들이 의자에 엉덩이 딱 붙이고 앉아 있
겠어요? 아아 탱탱볼처럼 책상 밑에 기어들었다 사
방에서 튀어 오르고, 서커스처럼 공 잡으러 종일 뛰
어다니다 숨넘어가겠는데요 학부모들이 자꾸 커피
사줘요 밥값보다 더 비싼 스타벅스 커피 사줘요 쓰
디쓴 카페인은 나한텐 쥐약이라서 마시면 헛소리가
밥알처럼 툭툭 튀어나오고 손발이 덜덜 떨리는데요

김밥이나 두세 줄 사다 주면 퇴근길에 덥석 베어 물기라도 하겠지 휘핑크림을 잔뜩 올린 라떼를 버리기 아까워서 한 모금 마시다 보면 천장이 흔들리고 바닥이 난파된 배처럼 출렁이기 시작하는데요 피라냐처럼 입을 쩍 벌린 애들이 펄쩍펄쩍 튀어 올라 엉덩이를 콱 깨무는 오후 답도 없는 애들한테 정답 없는 문제들을 이해시키는 건 마술쇼보다 어려운 일이라 이리 뛰고 저리 뛰다 필라멘트가 팍! 터져버린 알전구처럼 천장에 대롱대롱 매달리는데요 얘들아 까꿍! 학원 수업 시간 종이 울리면 아이들을 실은 봉고차가 삐뽀삐뽀 사이렌을 울리며 도착하고요 꽉 막힌 도로 위로 떨어진 비명들이 무릎을 툭툭 털고는 학원으로 냅다 뛰어가는데요

박세랑

돌처럼 속삭이기

서윤후

너는 나에게 책을 읽어주려고
얼마나 많은 눈꺼풀을 이기며 왔는지
이야기의 길을 따라가자
너는 주저앉은 채 돌을 줍고 있다

*(내게선 금방 떠나가지만 너에게 오래 머무는 것
들: 강아지풀, 잠깐 흥얼거린 노래, 비눗방울, 비온
뒤 웅덩이, 껌 종이에 그린 얼굴, 제일 짧아진 검정
크레파스, 놀이터에 떨어진 단추, 실로폰 소리, 회전
하는 프로펠러)*

그 돌은 가져갈 수 없단다
돌에겐 주인이 없으므로

한 번도 움직이지 않고
돌로서 최선을 다해 살아가는 돌이
너로 인해 움직일 수 있었다니까

잠깐 여행이었을 테니까

놓아주는 연습은 오래도록 끝나지 않는다

흙 묻은 너의 손을 털어주는 것은
나의 손에 흙을 묻히는 일
이 책에서 벌어진 이야기는 비밀로 하자
그 뒤로 너의 걸음은 점점 느려진다

이 삽화는 그리다 만
읽어주다 만 이야기처럼
너로 인해 이어지기를 바란 적 있었지

홀로 남겨져 혼자를 입어보는
접질린 혼자를 부축해 일으켜 세우는
돌을 만난 건 대답 그 자체였을지 몰라
말 없는 것들에게 말을 걸며

051   서윤후

내가 이 책 속에서 살게 된 이야기

너는 책을 다 덮을 때까지
헤매는 중이다
몰래 주워온 돌에게 얼굴을 그려주고는
표정 하나를 영원히 간직하게 된다

서윤후

백두는 백두

백두는 친구들이 3층까지 가 있을 때 계단 세 칸 오른다

백두는 친구들이 신발 다 신고 일어날 때 신발주머니 꺼낸다

백두는 친구들이 흰밥 다 먹고 한 숟가락 더 얻을 때에 밥알 센다

백두는 뒷동산

백두는 책상에 가만 앉은 채

백두는 돌멩이도 꽃도 사슴도 품는데

백두는 동산이라 메아리가 작아 귀에 손을 모아야 겨우 들린다

백두야, 부르면 아무 대답이 없고

백두야, 부르면 아무 대답이 없고

백두야, 백두야, 백두야, 백번 부르면 모래가 돌멩이가 되는 속도로

백두는 쳐다본다 백두야, 백두야, 아직 아흔세 번 남았네

백두의 이름은 백두 모르는 사람 없는 백두

백두는 크고 바른 사람 되라고 백두

백두는 느려 느린 건 백두 느려서 백두

백두는 친구들 엄마 손 잡고 다 떠나버린 교실에서 맨 마지막에 나와

백두는 동산

백두는 뒷동산

백두는 뒷동산의 모래 알갱이

백두는 뒷동산의 민들레 씨앗

백두는 뒷동산의 사슴벌레

백두는 돌멩이도 꽃도 사슴도 모두 먼저 보내고

백두는 다시 뒷동산

백두는 천천히 웃고 천천히 걸어

백두는 내일도

백두는 다음 날도

백두는 다다음 날도 다다다다음 날도

백두는 백두

백두는 느린 친구

백두는 커다란 뒷동산

백두는 친구들이 우다다 3층에 다녀오는 동안에
층계참에 나무를 심었다

백두는 동산이니까

백두야, 계단에 그늘이 있어 쉬어가기 좋구나, 돌
멩이와 꽃과 사슴이 말해

백두는 백두를 백번 부를 때까지 속으로 메아리를
만드는 중

백두는 느려 느린 건 백두는 동산 동산은 커 크면
백두

백두는 그래서

백두

서효인

우리

오은

시도 때도 없이 만났다

시계를 보고 시간을 읽을 줄 몰랐을 때
하루는 그저 흐르는 것이었다

뭘 하지?
아무도 묻지 않았다

공터에서는 할 일이 많았으니까
뛰기만 해도 즐거웠으니까

여기서 저기까지 달리자
저기가 어딘데?
저어기!
　아이가 손가락으로 가리킨 곳은 아득한 지평선이
었다

지평선을 가리키던 아이는
날리는 비행사가 되어 세계 지도 위를 날아다닐
것이다

이제 술래잡기를 하자
누가 술래할래?
내가 할래, 술래!
어떻게 쓰는 줄 몰랐지만 아이는 술래라는 단어가
궁금했다

술래 되기를 좋아하던 아이는
감쪽같이 숨은 것을 귀신같이 찾아내는 발굴자가
될 것이다

뭘 하면 안 되지?
누구도 궁금해하지 않았다

오은

공터에서는 방해물이 없었으니까
상상만으로 성을 짓고 허물었으니까

할 일만 생각해도 거리가 절로 붐볐으니까
쿵쿵 내딛는 발자국마다
콩콩 가슴이 뛰었으니까

내일 또 보자
매일 바라는 내일이
매일 만나는 내일이 되었다

그때 하루는 끌어당기는 것이었다

공터에 푹푹 발자국이 찍힐 때
땅속에는 수북수북 이야기가 쌓였다

갈봄 없이 새싹이 움텄다

오은

떡의 꿈

이근화

1.

떡집 할머니는 손맛이 그만이었지. 어쩜 이렇게 쫄깃하고 맛있나. 뭐 이런 게 있나 싶었지. 그때 떡은 다 먹었다.

2.

할머니는 눈이 퇴화된 고슴도치 같았어. 말없이 앉아 떡을 빚는데 가끔씩 코를 고는 거야. 눈을 감고 조는 순간에도 손은 멈추지 않았어. 정말 그랬다니까. 주름진 손은 떡을 빚고 할머니는 잠이 들고. 새벽잠을 벌충하느라 고개를 까딱거려도 손은 멈출 줄 몰랐어. 떡들은 뭐했냐고? 색색의 꿈을 꾸었지. 짧고 동그란 떡의 꿈을. 골목길 아이들은 그렇게 꿈을 오물거리며 다 배가 동그랗고 하얬지. 할머니 손은 점점 더 커지고, 떡들은 부지런히 꿈을 꾸었지만 글쎄 그 끝은 모르겠어. 말하지 않으면 이야기는 끝나지 않으니까. 떡은 그만두고 이제 나도 어른이 되어야지.

3.

어두운 골목길 떡 찌는 연기가 뿌옇게 피어올랐지만 나의 알록달록한 꿈들은 평평해졌다. 동그란 배는 푹 꺼져버렸다. 이번에는 부지런히 빵을 사 먹었어. 빵이란 무엇인가. 그건 내가 잘 알아. 떡의 꿈을 먹고 자랐기 때문에 빵의 말들은 내가 끄덕끄덕 잘 알아들었지. 먹기 전에 떡은 녹지 않고 씹기 전에 떡은 삼켜지지 않는다. 빵은 그렇지가 않거든. 똑똑하고 영리해. 꿈 같은 것은 꾸지 않아. 먹기 전에 마음을 뺏기고 씹기 전에 취하거든. 하얀 손들은 정확하고 분명해. 이 세계란 언제나 빵에 가까워서 이제 드르륵 열리는 떡집의 무거운 문도 더 이상 열리지 않아.

4.

나는 어디서나 감지되는 한 마리 고양이에 불과하다. 여전히 골목길로 사라지기 좋아하지만 꼬리는 가져본 적 없고, 단번에 죽을 수 있고, 꿈은 잘라냈다. 골목길 끝에는 찰랑찰랑 발끝을 적시는 파도가 일렁이고, 언제나 절벽. 성긴 떡가루와 같이 폴폴 날리는 꿈들. 이제 곧 나를 부드럽게 주무르기 위해 커다란 손이 태어나지.

5.
할머니가 잠 깨지 않도록 알록달록하고 동그랗게 구를래.

이근화

쥐탈

조혜은

나는 첫 문장을 비워둔 채 오래도록 다른 이야기
에 썼다

오늘은 바쁜 날이란다

손만 깨끗이 씻으면 마음까지 비울 수 있던 시절
에
마음을 쓰던 시절에

물을 뿌려 애벌레의 숨통을 틀어막은 아이들이,
꾸물꾸물 솟아오르는 벌레의 꿈을 빼앗았다. 모르는
단어들로 채집통을 채우고는, 대중없고 난데없고 두
서없이
마음을 채우던 어린 시절에

벌레랑 같이 집에 가면 안 돼요?

폭염을 좇아 찢어지던 사람들이
달이 멀어지듯 차갑게 나를 밀어내던 연인들이

밀려오고 밀려나는 한낮

매미를 채집하러 나왔던 저녁이 오지 않았다
아이들은 눈을 감고 잡기 놀이를 했고
소년이 눈을 감자 친구들은 속이고, 움직였다

뜻을 몰라
나는 미웠다

밀려나고 밀려오는 한낮

  해오름 놀이터에서 흙을 파던 소년은 움직이는 쥐
를 보았다
  달아나고 숨어 있는 쥐를 찾으려 하수구를 쑤셨

조혜은

고, 멈추지 않았다

　조금밖에 못 놀았는데
　조금만 더 조금만 놀면 안 돼요?

　두드러기처럼 온몸에 번져 오르는 행복이 저문 한
낮

　가로등이 켜지는 순간을 함께한 사람들은
　헤어져도 괜찮은 사람들이 되었고

사랑은 그런 게 아니에요
결코 그렇지 않다는 걸

아이들은 눈을 뜨고 흙을 비웠다

첫 문장을 쓰지 못한 이야기들은 다음 문장을 얻

지 못했다

왜 친구랑 놀면 안 돼요?

모서리를 꼭 맞춘 깨끗한 수건에 손을 닦고 나면
꽉 접힌 두 손에서 피 냄새가 났다

사랑한다고 말하고 달아나고 싶어서

눈을 감자 아이가 움직였다

아이가 침대에서 나의 눈 위로 떨어졌다. 점멸
슬픔이 점점이 틈입했다

조혜은

단단하고 허약한 스노볼
— 준에게

공기의 가는 선분이 스며들기 전까지
무한하게 아름답고 투명한.

내게로 온 첫 세계.

*

위로부터 차고 선득한 것이 쏟아져 내린다.
딛고 선 푸른 행성의 지표면이 뒤집히고
너와 나의 시간이
먼 데서 도착한 기적처럼 교차하며 지나간다.

네가 손을 뻗은 반경의 바깥에서
나는 깜깜한 궤도로 침묵했었다.

맑고 전지전능한 손가락들이 나의 장소를 흔든다.
날개를 뜯긴 작은 풍뎅이같이 굴러떨어져

내동댕이쳐진 마음.
부서진 채로 서랍 깊숙이 담긴 장난감 인형에게서
흘러나오는 어긋난 음의 마디들.

녹아내린다.
네 속눈썹에 닿아 반짝
차게 빛나는 설탕 눈송이들의 모양을 나는
반복해 그리고 있다.

신에게 영원히 버림받은 사람의 눈동자를 들여다
본 것처럼

　　*

두려워진다.
너를 마주하면 마음이 찬물에 닿듯 아프기 때문
에.

세상에는 너와 나만 존재하던 때가 있었으니까.

하늘은 투명하게 빛나고
네가 딸꾹질을 하면 나도 따라 통통 웃던
단단한 동그라미 안의 우리.

또
어느 날의 산책에서
무리 지은 관중고사리를 발견하고서 웃는 너.
동그랗게 말린 새순의 물음표가 네 이마를 간지럽
히듯.

기-차-
네가 쓴 먹색 글자들이 책상 유리 안에 오래도록
비뚜름하게 남아 있었다.

칙칙 그리고 폭폭

이라는 말이 너는 좋았니?
유리창은 유리창으로 이어지고
바퀴는 바퀴랑 이어지는 것이
너의 숨 뒤로 대기에 섞이는 나의 한숨이 쉬어져
지구에 태어난 우리가 되어가는 것이

*

더 많은 숨의 겹으로 된 노래를 네가 만들어 부르고
다른 사람에게 들려줄 만큼
시간이 지난 후 너는 묻게 되지.
나보다 앞지른 시간을 살고 있는 나에게서
다시 미래를 나누어 받는 일에 대하여.

나는 그때서야 대답한다.
그건 아마 너였을 거라고.
내게로 다시 온.

하재연

어린이에게는 안 될 줄 알면서도 하는 마음이,
안 될 것 같은데도 다시 하는 마음이 있다.
하고 싶다는 마음으로 어린이는 자란다.

아기-일기-어린이

금정연

아이가 태어난 날부터 일기를 쓰기 시작했다. 함께 보낸 모든 순간을 잊지 않고 싶어서, 3년 조금 넘는 기간 동안 하루도 빠짐없이 일기를 썼다. 통계를 내본 적은 없지만 그날그날의 기록에 가장 자주 등장하는 말을 꼽는다면 아마 이런 것들이지 않을까. '귀엽다, 정신없다, 졸리다, 짜증 났다, 모르겠다,' '분명 꼭 기록해둬야겠다고 생각했는데 그게 뭐였는지 도무지 기억나지 않는다' 혹은 '기억 안 난다는 말은 그만 쓰자고 어제도 썼던 것 같은데 이제 정말 그만 쓰자⋯⋯.'

아이와 함께 보내는 하루는 종종 너무 긴데 일주일, 한 달, 하나의 계절, 그리고 한 해는 지나치게 빨라서 때때로 현기증이 나기도 한다.

긴 하루를 적절히 요약해 기록하기는 어렵다. 날아가는 세월을 붙잡아 기록하기도 쉽지는 않다. 미국의 시인 수전 그리핀은 그런 어려움을 레지스탕스의 일기에 비유한다. "우리에게는 잠깐의 깨달음만이 허락되며, 이것마저 방해받지 않는 짧은 틈을 타 빨리 기록해야 한다."★

물론 내가 여기서 눈을 지그시 감고 굳게 다문 입술 사이로 으음- 소리를 내며 고개를 끄덕인다면 그건 재수 없고 조금 뻔뻔한 일이 될 것이다. 나는 그리핀이 '우리'라는 이름으로 호명하는 엄마가 아니다. 일주일 내내 육아를 전담하는 사람도 아니고, 레지스탕스는 더더욱 아니다. 그보다는, 뭐랄까, 그냥 평범한… 트위터 사람?

그러니까 내 말은, 아이를 보는 틈틈이 기록하고 싶은 것들이 생기면 일기장 대신 재빨리 스마트폰의 트위터 앱을 열어 우다다 자판을 두드리는 (국정을 운영하는 틈틈이 그렇게 했던 트럼프 전 미국 대

★ 모이라 데이비 편, 수전 그리핀, 「페미니즘과 엄마됨」,
『분노와 애정』(시대의창, 2018)

통령이랑 비슷하다고도 할 수 있지만 꼭 그렇지는 않은) 종류의 사람이라는 말이다. 막상 당시에는 정신없어서 못 쓰고 지나갔다가 그날 밤이나 다음 날 때쯤 갑자기 기억나서 올리는 경우가 더 많긴 하지만. 이런 식이다.

– 나윤이 커다란 순무 이야기 읽어줬는데 마지막에 커다란 무를 뽑아 할아버지 할머니 손녀 강아지 고양이 생쥐가 맛있게 먹었습니다 했더니 내 귀에 대고 속삭임 "무는 맛없어…"

– 요즘 나윤이 연기하고 연출하고 일인이역 장난 아닌데 오늘은 자기는 방에 들어갔다 나올 테니까 엄마보고 거실에서 노란 풍선 가지고 놀고 있으라고 하더니 엄마가 놀고 있으니까 방에서 나오면서 혼잣말로 "어? 엄마가 왜 황금공을 가지고 놀고 있지 엄마는 공주가 아닌데…"라고 함

– 오늘 문화센터 마지막 날이어서 아침에 가기 전에 나윤이에게 얘기해줬더니 고개를 저으며 "아니야 더 배우고 싶어 더 배울 거야아"라며 울먹였다

– 어제 나윤이가 갑자기 케이크 먹고 싶다고 해서

금정연

조금 있으면 엄마, 아빠 결혼기념일이니 그때 먹자고 그날은 엄마, 아빠 결혼한 날이라고 얘기했더니 갑자기 울먹이며 "아냐. 결혼하지 마. 결혼하지 마!" 하는데 아무리 벌써 결혼했다고 해도 소용없어서 앞으로 안 하겠다고 하고 겨우 넘어감

다듬어지지 않은 문장으로 휘갈기듯 남긴 기록이지만, 아이를 재우고 멍한 눈으로 일기장 앞에 앉을 때면 놀랍도록 도움이 된다. 트윗을 훑어보며 안개라도 낀 것처럼 뿌옇던 머릿속에 가로등이 켜지듯 하나둘 기억이 돌아오고, 그러다 보면 트윗과 트윗 사이의 공백들까지도 어렴풋하게나마 메꿔지는 것이다. 물론 '리트윗'이나 '좋아요'가 매일 비슷비슷한 프리랜서의 일상에 쏠쏠한 재미를 주기도 하고…….

그렇게 쓴 일기는 자연스럽게 또 다른 원고로 번지기도 한다. 아이를 생각하는 문장들이 손에 익어서 무엇을 쓰든 아이 이야기가 묻어 나온다고 할까. 언젠가 정지돈이 놀리듯 말한 것처럼, "나윤이 없이는 아무것도 쓰지 못하는" 사람이 된 셈이다. 이런 사람을 한 단어로 가리키는 말이 있었는데, 뭐라고

하더라, 팔불출?

하지만 그것도 모두 지난겨울까지의 이야기다. 어느 순간부터 트위터에 아이 이야기를 하기가 조심스러워졌고, 원고에는 의식적으로 아이 이야기를 하지 않게 되었다. 계기는 두 가지였다.

먼저 '글을 올리기 전에 여러분이 쓴 글을 부모님이 본다고 생각해보세요.'라는 취지의 트윗이 있었다. 처음엔 대수롭지 않게 생각했다. 부모님이 보면 뭐? 어쩌라고? 인생 각자 사는 거지, 예전 같았으면 그냥 그렇게 넘어갈 수도 있었을 것이다. 그런데 다음 순간 갑자기 이런 생각이 떠올랐다. 만약 내 글을 보는 게 부모님이 아니라 자식이라면? 다른 글도 아니고 내가 본인에 대해 쓴 글을 본다면? 갑자기 식은땀이 흘렀다. 그러면서 나와 내 글을 곰곰이 돌아보게 되었다고 해야 하나, 돌아보고 싶지 않았지만⋯⋯.

아이가 어린이집에 다니기 시작한 영향도 있다. 일단 물리적으로 떨어져 있는 시간이 많아진 덕이다. 덕분에 나는 나대로 글을 쓰거나 책을 읽거나 밀린 잠을 보충하거나 아무것도 하지 않는 사치를 즐

금정연

길 수 있게 되었고, 아이는 아이대로 집이 아닌 새로운 장소에서 새로운 사람들과 새로운 관계를 맺게 되었다. 사교적이지 못한 부모와 코로나로 인해 또래 친구는커녕 가족을 제외하고 그전까지 대화를 나눠본 상대라고는 AI 스피커가 유일했는데.

결국, 둘 다 아이가 나와는 별개의 개인이라는 당연한 사실은 새삼 인식하게 만든 사건 아닌 사건이었던 셈이다.

처음 어린이집에 등원하던 날이 생각난다. 늦게까지 준비물을 챙긴다고 부산 떨며 잠을 설친 엄마, 아빠와는 달리 느긋한 아이와 함께 어린이집까지 걸어가던 길. "어? 이건 뭐지?" 하며 여기저기 기웃거리고, "달팽이야! 여기 달팽이가 있어!" 소리치기도 하고, "뛰어가자 같이!" 하고는 커다란 가방을 메고 뒤뚱뒤뚱 뛰어가는 아이의 모습이 지금도 생생하다. 어떻게든 등원 첫날 마스크 벗은 사진 한 장을 남기고 싶은 엄마와 끝끝내 거부하는 아이의 티키타카도……

어린이집 앞은 보호자와 아이들로 와글와글했다. 씩씩하게 걸어오던 아이가 낯선 광경에 주춤했다.

코로나 때문에 별도의 입학식 없이 아이들만 덜렁 들여보내야 하는 상황이었다. 엄마, 아빠나 외할머니 없이 있는 건 난생처음인데 괜찮을까? 괜찮겠지? 근데 정말 괜찮을까? 간밤에 아내와 나누었던 대화가 머릿속에서 빠르게 다시 반복되고 있었다. 끝도 없고 답도 없는 그런 대화였다.

그때 선생님들이 아이를 둘러싸고 반갑게 맞아주셨다. 한 분도 아니고 두 분도 아니고 세 분이 끊임없이 말을 걸며 자연스럽게 가방을 받아 들고 신발을 벗기고 아이를 어린이집 안으로 이끌었다. 얼떨결에 선생님들을 따라가는 아이의 뒷모습. 우리도 약간 멍한 상태에서 어어, 하면서 그 모습을 그냥 바라보고 있었다. 그렇게 아이가 어린이집 안으로 사라졌다. 선생님 말씀 잘 듣고 친구들이랑 재밌게 놀라고, 점심 맛있게 먹고 화장실에 가고 싶으면 선생님께 이야기하라고, 엄마, 아빠가 늦지 않게 데리러 올 거라고 말도 못 해줬는데.

인사를 못 한 건 우리도 정신없었기 때문이지만, 아이가 선생님을 따라나서는 모습을 보자마자 아내가 울기 시작한 이유도 있다. 엄마가 우는 모습을 보

금정연

고 아이가 불안해할까 봐 부르지 못 했던 것이다. 나는 울지 않았다. 우리는 대견하기도 하고 슬프기도 하고 뭔가 착잡하기도 한 감정 속에서 말없이 걸어 집으로 돌아왔다. 그리고 작업실 가는데, 운전하는 내내 아이가 잘하고 있을까 괜찮을까 혹시 어린이집에서 아이가 울고 있다고 전화가 오지는 않을까 어쩌면 아내가 벌써 전화를 받고 있는 건 아닐까 걱정하던 기억이 난다.

그날 오후, 어린이집에서 돌아온 아이에게 아내가 물었다.

—나윤아, 엄마, 아빠 안 보고 싶었어?

—엄마, 아빠 보고 싶어서 울었어.

그러더니 이렇게 말했다.

—내일은 안 울 거야.

밤에 내게 그 이야기를 전해주면서 아내는 다시금 눈시울을 붉혔다. 나는 울지 않았다. 그 전에 작업실에서 선생님이 알림장 앱에 올려주신 아이의 사진을 보면서 혼자 조금 울긴 했다. 다른 아이들 틈에 섞여 있는 아이의 모습을 보고 있자니 나도 모르게 울컥해버린 탓이다.

아이와 함께 생활하게 된 이후로 나는 늘 아기가 언제 어린이가 되는지가 궁금했는데. 아이는 어느새 어린이가 되었지만 나는 아직도 그게 언제였는지를 모르겠다. 지난 일기장을 뒤적여 본다고 알 수 있을 것 같지도 않다. 그리고 사실 그럴 시간도 없다. 핸드폰으로 찍은 사진과 동영상이 너무 많아서 어느 순간부터 그것들을 정리하거나 일별하는 게 거의 불가능해진 것과 마찬가지다.

아직까지 아이는 한 번도 어린이집에 가기 싫다고 말한 적이 없다. 그렇다고 어린이집이 너무 좋다고, 진짜 재밌다고, 친구들하고 이런 놀이를 했다고 신이 나서 종알종알 말을 하는 것도 아니다(본인이 판단하기에 전달할 만한 가치가 있는 소식을 종종 전해주긴 한다). 그래도 첫 한두 주 동안은 돌아오는 길에 오늘 어린이집 재밌었냐고 물으면 "응, 재밌었어." 친구들이랑도 재밌게 놀았냐고 물으면 "응, 재밌게 놀았어.", 선생님이랑 노래도 재밌게 불렀냐고 물으면 "응, 재밌게 불렀어." 대답이라도 해줬는데.

이젠 오늘은 어땠냐고 물으면 이렇게 대답한다. "다 재미있었어." 마치 더는 묻지 말라는 듯이. 생각

금정연

해보면 나도 그랬던 것 같긴 하다. 자꾸 묻는 게 귀찮기도 했고, 무엇보다 그건 엄마, 아빠와는 별개인 '나의' 일이기도 했고. 그래, 그런데, 그게 벌써부터 그런다고?

아무래도 일기를 그만 써야 할 시간이 조금씩 다가오고 있는 모양이다. 적어도 지금 같은 형식은 더 이상 아닌 것 같다. 이제까지 내가 쓴 일기는 이를테면 셜록 홈즈의 이야기 같은 것이었다. 주인공은 홈즈인데, 쓰는 사람은 왓슨이라는 식으로. 하지만 이제 곧 아이가 글을 배우고 그림일기를 쓰고 그리기 시작하겠지. 아직은 먼일 같지만 분명 금방일 것이다. 그리고 나 역시 아이가 자주 등장하지만, 주인공은 아닌 그런 일기를 쓸 것이다. 그러면서 어린이가 언제 청소년이 되는지 궁금해하겠지. 알 수 없을 거라는 사실을 알면서도. 생각하면 모두 놀라운 일이다.

금정연

세상에서 가장 멋진 새 　　　　　(김복희)

　서점에 나 혼자였다. 사장님이 아직 출근하지 않은 이른 오전 시간이었다. 조용했다.

　어린 친구 하나가 조그만 목소리로 혹시 세상에서 가장 멋진 새를 그려줄 수 있는지 물었다. 그 어린 친구가 쭈뼛거리며 내 곁으로 살그머니 다가왔다가 도로 물러나기를 두어 번 반복한 걸 알고 있었기 때문에 "그래, 좋아요." 대답했다. 그러면서 혹시 다른 건 필요하지 않은지 물었다. 이를테면 어린 친구를 닮은 캐릭터 그림이라든지, 맛있는 빵 그림 같은 것.

어린 친구는 조금 망설이더니, 마스크를 고쳐 쓰며 새를 먼저 그려달라고 했다. 가장 멋진 새를 보고 싶다고. 자기는 새를 무척 좋아한다고. 그런데 엄마가 새를 기르는 걸 허락하지 않아서 가장 멋진 새 그림을 볼 수 있었으면 좋겠다고.

어떤 새를 기르고 싶었는데요? 물어봤더니, 어린 친구는 "가장 멋진 새요."라고 힘주어 말했다.

가장 멋진 새.

도대체 어떤 새일까? 고민되었다. 나는 새를 잘 모른다. 그래서 바로 검색창을 띄웠다. 검색을 해볼까. 어떤 새가 제일 멋있는지 볼까. 괜히 들으란 듯이 큰 소리로 중얼거리며 황새도 검색해보고 왜가리도 검색해보았다. 독수리, 부엉이 등등 날개가 큰 이런 새를 따라 그리면 될까, 내가 겨우 아는 온갖 새들의 이미지들을 띄운 후, 하나씩 보여주었다.

어린 친구는 천천히 고개를 저으며, 검색은 자기도 할 수 있고, 이런 새들은 알고 있다고, 혹시 자기가 이름도 모르는 그런 멋진 새를 그려줄 수는 없느

김복희

냐고 물었다. 머뭇거리면서도 할 말은 참지 않고 다
하는 것이었다.

아아, 이 친구 보게.
나는 우리의 대화가 어린 왕자와 조종사가 나누던
그것과 유사하다는 생각이 들었다. 슬며시 웃음이
나왔다. 어린 친구여. 나는 상자를 그려야겠네. 이게
『어린 왕자』를 읽은 어른의 대처라네.
마스크 아래 내 표정은 의기양양했을 거다. 분명히.

나는 보지 말라고, 잠깐만 있어 보라고 말한 다음,
책상 위에 거의 엎드린 자세를 취한 다음 신중하게
상자(『어린 왕자』에 나오는 그 상자)를 그려냈다. 어
린 친구는 상자 그림을 보고는 마스크를 다시 한번
고쳐 쓰고.
저…… 이 상자 알아요.
라고 고개를 외로 꼬고 내 눈을 피하며 말했다.
그리고 이 상자에는 이미 양이 있어서, 새랑 같이
있기 힘들 거 같다고.

맞다. 우리는 어린 왕자와 조종사가 아니었던 것이다.

그러면 저기 앉아서 귤이라도 먹고 있을래요? 세상에서 가장 멋진 새라니. 어렵기 짝이 없었다. 시간을 벌고 싶었다. 하지만 어린 친구는 내 속도 모르고 고개를 저으며, 마스크를 벗기 싫다고 말했다. 내가 새를 제대로 그리는 걸 확인하고 싶었는지 어느새 내 옆으로 와서 책상에 손을 짚고 서 있는 자세였다.

어린 친구가 딱 붙어서 기다리고 있으니 머릿속이 새하얘져, 나도 고개를 외로 꼬고 허공을 바라보았다.

⋯⋯그럼 좋아하는 새에 대해서 조금 말해줄래요? 궁금해서 그래요.

어린 친구는 기다렸다는 듯이, 모르는 새의 이름을 알려줬는데, 검색해보는 것은 절대 안 된다고 황급히 강조했다. 그 새는 아주 작고 자기 손바닥보다는 크지만(그렇게 말하며 자신의 손바닥을 들어 올려 내 눈앞에 흔들었다. 과연 작았다.) 내 손바닥에 쏙 들어오는 크기일 거라고 말했다. 유치원 갈 때 머리 위에 올려놓고 가면 얼마나 재미있을까 생각해봤다고. 그런데 다른 친구들이 새를 괴롭히거나 새가 코로나에 걸릴까 봐 그런 생각은 그만두기로 했다고. 햇빛에 깃털이 조개껍질처럼 빛나고, 곤충을 주로 먹고, 작은 도마뱀도 가끔 먹는다고.

아아, 혹시 그 새(마스크 때문인지 사실 제대로 듣지 못했다)를 기르고 싶은 거예요?

그건 아니에요. 그 새는…… 멸종위기종이라서 안돼요.

좋아요. 알았어요. 나는 다시 한번 심기일전하여 세상에서 가장 멋진 새를 그려보리라, 마음을 먹고 이런 새 저런 새를 그리기 시작했다. 날개가 아주 큰 새, 부리가 날렵한 새, 발톱이 날카로운 새, 종이비행기처럼 생긴 새, 접시처럼 동그란 새……. 그리고 또 그렸다.

새를 그려서 보여줄 때마다 이 어린 친구가 고개를 저었기 때문이었다. 이 새는 독수리 같아요. 이 새는 카나리아 같아요. 앵무새는 싫어요. 공작새는

징그러워요. 등등. 어린 친구 나름 타당한 이유였다. 그렇지만,

  슬펐다. 힘들었고. 손도 아팠고.

  있잖아요. 아까 말했던 좋아한다던 그 새를 대신 그려주면 안 될까요? 저는 세상에서 제일 멋진 새를 모르겠어요.
  결국 솔직하게 말할 수밖에 없었다. 어린 친구가 한숨을 아주 작게 쉬었다. 하지만 서점이 조용해서 내 귀에는 잘 들렸다.

  그 새는 싫은데.
  어차피 못 기르는데.

  대꾸할 말을 찾지 못했다. 정적이 이어졌다. 이 어린 친구는 그 새만을 원하는 걸까? 아니면, 그 새를 포기할 수 있는 다른 새를 원하는 걸까? 가장 멋진 새는 무엇을 위한 새인 걸까?

김복희

즉흥적으로, 어린 친구를 향해 펜을 내밀었다.

그러면요. 이걸로 혹시 그 새가 사는 둥지를 그려 보면 어때요?

어린 친구는 조금 망설이다가 펜을 받아 들었다. 의자에 앉지도 않고 테이블에 양 팔꿈치를 올린 채, 신중하게 하나씩 선을 이어 둥지를 그렸다. 나는 어린 친구의 손끝에서 둥지라고 하는 무엇인가가 조금씩 나타나는 걸 보며 말했다.

둥지를 만들어놓으면 새가 없어도 있는 것 같잖아요. 그죠. 맞죠.

이번에는 제발 이 어린 친구가 내 의견에 동의해주길 바라며, 서점에 누구라도 와주어서, 내 말에 동의해주며(오늘따라 출근이 늦는 사장님을 애타게 기다리며) 이 어린 친구를 설득해주길 바라며, 말했다. 어린 친구는 펜에서 손을 떼지 않은 채 고개를 끄덕였다. 어른인 내가 말끝을 늘이며 힘없이 말하는 게 웃겨서 조금 봐준 것 같기도 했다.

다 그렸어요. 이거는요. 밤에 안 보이는 둥진데요. 왜냐하면 그 새는요……

한참 둥지에 대한 설명을 들었다. 새에 대해서 설명할 때보다 더 신나 보여 마음이 놓였다.

이제 가야 돼요. 다음에 또 올게요.

정중한 인사도 받았다.

고마워요. 잘 가요. 또 와요.

어린 친구가 내려가버리자 창밖 로터리에서 경적 소리가 들려왔다.

어떻게 새를 그려줬어야 했을까? 어린 친구가 내게 둥지 그림을 남겨두고 가버렸다. 또 오겠다는 말을 남기고.

김복희

시선과 감정

김상혁

*

　김문채(6세)는 사람의 눈을 오랫동안 빤히 쳐다볼
수 있다. 자신에게 다가오는 상대를 발견한 순간부
터, 그에게 말로 인사를 건네며 작은 손을 흔들어 반
가움을 표시하는 동안, 그리고 그이가 등을 돌려 자
리를 뜨기까지, 아이는 상대방 눈에서 제 눈을 떼지
않는다. 이런 상황에 당황하는 건 어른 쪽이다. 아이
의 빤한 시선 앞에서 결국은 눈을 돌리고야 마는 어
른이 적지 않고, 그 어른의 민망함을 신경 쓰느라 더
민망해진 내가 일부러 아이의 주의를 흐트러뜨려

둘 사이 눈 맞춤을 훼방한 경우도 있다. 딴 사람 눈을 아무렇지 않게 들여다보는 아이가 그저 신기하다. 하지만 이내 나를 사로잡는 감정은 어떤 초초함이다.

　타인과 대화하며 눈을 잘 맞추기란 쉽지 않다. 다들 알다시피 적당한 눈 맞추기란 상당히 까다롭고 섬세한 작업이다. 마주 앉은 우리는 10초마다 한 번씩 자기 안경을 건드려 눈길을 가리고, 마른세수로 제 눈까풀을 쓸어내리고, 뭔가를 떠올릴 때면 응당 그래야 한다는 듯 허공 어딘가로 시선을 던진다. 다른 문화권은 사정이 다르겠지만, 아무리 친해도 눈빛 교환이 5초를 넘어가면 어색한 기운이 돌고 상대라도 시선을 좀 돌려주었으면 하는 간절함이 든다. 특히 자기보다 어른이거나 권력 많고 힘이 센 사람 앞에서 사람들은 알아서 시선을 떨군다. 시선은 권력이기도 해서 약자는 강자의 눈을 오래 쳐다볼 일이 없다. 하지만 문채는 그런 계산을 모르고 계산이 없으니 두려움도 없다. 아무리 크고 험악한 얼굴을 대하더라도 아이는 눈을 돌리지도 말을 멈추지도 않

김상혁

는다. 이때 내가 초조함을 느끼는 건 상대 어른이 적대적인 태도를 보일 가능성이나 시비 붙을 경우를 염려해서가 아니다. 반응 없거나 성격 나쁜 어른을 같잖게 봐 넘기는 일에는 나와 아이 모두 상당히 숙련되어 있다.

내가 초조한 건 아이의 어쩔 수 없는 성장 때문이다. 아이는 언젠가 상대 눈을 쳐다보지 않는 사람이 될 것이다. 작고 힘없는 사람이 크고 힘센 사람 눈을 쳐다봐서는 안 된다는 사실을 아무도 가르치지 않아도 스스로 배울 것이다. 몇 살 차이 안 나는 형 누나를 빤히 쳐다보다가 욕을 먹거나 머리를 쥐어박히게 될지도 모른다고 생각하면 마음이 아프다. 딱 그런 식으로, 우리는 세상이 그렇게 돌아간다는 사실을, 사람이 사람의 눈을 바라보는 일에 욕망과 수치심이 끼어든다는 사실을 배운다. 성장의 과정에서 아이는 누군가의 시선을 견디지 못하고 눈을 내리깔게 될 것이고, 자신도 타인을 향하여 더는 순진한 시선만을 던지진 못하게 될 것이다.

*

　지난겨울 이사할 집을 보러 다닐 때였다. 공인중개사가 운전하는 차를 타고 이동할 일이 있어 뒷자리에 아내와 나, 문채가 앉았는데, 차 시동이 걸리자 아이가 문득 고개를 돌리더니 흥! 흥! 하며 불만 가득한 콧소리를 내는 것이다. 아이 혼자 화내는 경우가 하도 잦은 시기였기에 또 무슨 일인가 싶었다. 아이는 중개사를 향해, 지금 자랑하는 거야? 우리한테, 지금 자랑하는 거야? 사뭇 항의하듯 종알거렸다. 얼마 전에 바꾼 우리 가족 자동차가 아주 좁고 낡은 건 아닌데. 아이는 자기가 탄 자동차 때문에 섭섭했던 것이다. 화려한 가죽 시트와 서서히 밝아지는 조명, 서라운드 스피커로 울리는 안내 음성이 마음에 들지 않았던 거다. 제 눈에 자동차가 크고 멋져 보이니 그걸 남이 자기한테 자랑한다고 느낀다는 게 몹시 예뻤다.

　세 살, 네 살 때는 그러지 않았다. 이전에도 남의 좋은 차를 안 타본 게 아니다. 다만 엄마아빠와 떠드느라 바빴을 뿐이다. 문채에 대해서만큼은 내가 유난히 감상적이고 극적인 방식으로 회고하는 편이라 그럴 수도 있는데, 그날 중개사의 뒤통수에다 자꾸만 흥! 콧소리를 내던 즈음부터 아이는 예전만큼 타인의 눈을 빤히 쳐다보지 않는 듯하다.

*

우리 집은 가난해? 무슨 드라마처럼, 얘는 꼭 이걸 밥 먹다가 물어본다. 여태 세 번쯤 똑같은 질문을 받았는데 그때마다 내가 똑같이 되물으니 아이는 참 재미가 없을 것이다. 너는 어떻게 생각해? 그런데 아이의 반응도 매번 다르지 않다. 아니! 당연하다는 듯 대답하고는 다시 식사에 열중하는 아이를 보고 있노라면 지금보다 더 가난해지는 것은 조금 곤란하겠다는 생각이 든다. 다짐 같은 것이기도 하고. 그래도 가난에 대해서는 아이가 그만 물어보았으면 하는 마음이다.

*

열 살 때 기억이다. 아이스크림을 입에 물고 하교하는 길에 마주친 같은 반 친구 서넛이 부러운 듯 종알댔다. 비싼 아이스크림 먹는구나? 어쩌다 받은 용돈으로 어쩌다 사 먹은 간식이었지만 딱히 반박할 일이 아니어서 그러려니 넘겼는데. 쟤네 부자야, 주인집이야, 쟤네 지하에 은철이 형 살잖아. 그날 솔직하게, 실은 반지하 사는 그 은철네가 주인집이고 1층 우리 가족이 월세 사는 거라고 밝히지 못한 걸 지금도 후회한다. 하지만 시간을 돌린대도 비싼 아이스크림 사 먹는 부잣집 아들이라는 타이틀을 과연 포기했을지는 모르겠다. 하여튼 집으로 혼자 걸어가는 내내 얼굴을 붉혔던 것으로 기억한다.

*

산타클로스가 존재하지 않는다는 사실을 미리 알려주는 어른이 있고 그걸 되도록 감추려는 어른이 있다. 우리 어머니는 전자였다. 산타 하니 떠오르는 게 유치원 쪽에서 크리스마스 이벤트를 한다며 어머니더러 아이 모르게 원으로 선물을 보내달라고 했었나 보다. 어머니는 즉시 여섯 살 나를 앉혀놓고 내일 유치원에서 누가 산타클로스 분장을 하고 선물을 줄 텐데 그건 다 부모들이 미리 사다 주는 물건을 지들이 대신 주는 것이라는 친절한 설명을 마친 후에 그 길로 나를 이끌어 근처 장난감 가게로 향했다. 너 가지고 싶은 거 골라, 너 내일 받을 거. 무얼 골랐는지 기억할 순 없지만 나는 어린 마음에 그런 걸 미리 알려주는 어머니가 나를 어른 취급한다고 여겼다. 어른들 아는 비밀을 나도 다 알고 있다는 우쭐한 마음으로 다음 날 유치원에 앉아 있었다. 그렇게 많이 우쭐하긴 했는데, 재미는 하나도 없었던 것 같다. 이 모든 멍청한 짓을 어서 끝내고 집으로 돌아가고 싶었다.

어머니 교육철학은 가정 형편에서 비롯되었으리라 짐작한다. 혼자 돈을 벌어야 했던 어머니 사정상 나는 빨리 어른이 되어야 했다. 초등학교부터 혼자 준비물을 챙겼고, 누가 말하지 않아도 혼자 공부하려 애썼다. 아주 어릴 적부터 가정통신문 따위가 집으로 날아오면 그걸 어머니한테 보이지 않고 웬만하면 혼자 처리하고는 했는데, 그런 태도가 나를 더욱 어른처럼 보이게 하였다. 어머니도 아이가 어른 같다는 주변의 칭찬을 들으면 매우 기뻐했고, 그럴 때

당신은 가정통신문도 신경 써본 적 없다는 걸 예시로 들며 나를 자랑스러워했다. 몇 월 며칠까지 우윳값 내기, 무슨 요일 물체 주머니 준비하기, 어느 날은 미술용품 가져가기. 나는 그런 걸 공책 어디에 써두거나 외우며 초등학교에 다녔다.

초등학교를 막 입학했거나 입학하기 전, 어느 여름이었을 것이다. 이모, 어머니, 내가 나란히 길을 걷는 중에 짧은 치마 입은 젊은 여성이 우리 옆을 스쳐 지나갔다. 저거 컸다고 여자 다리 쳐다보는 거 봐? 아마도 내가 뒤를 돌아보았던 모양이다. 정말 내가 맨다리를 쳐다보려 고개를 돌렸을지도 모를 일이지만, 어머니가 이모에게 무심코 웃으면서 던진 그 말이 이상하리만치 싫었다. 내가 들여다본 건 이편으로 가까워지는 그이의 얼굴이었다고, 다리 따위를 부러 쳐다본 게 아니라고 항변하고 싶었지만 그러지 않았다. 어머니 말대로 나는 다 컸으니까 내가 그랬을 수도 있겠다고 생각했다. 그때는 그래서 그냥 고개 숙이고 말았지만. 요즘도 별것도 아닌 그날의 시선과 감정이 떠오른다.

김상혁

작년 크리스마스에 나와 아내는 문채를 위하여 선물 상자 여섯 개를 준비했다. 옆집 이웃이 준 선물까지 총 일곱 개의 상자를 새벽에 미리 놓아두고 아이만큼이나 떨리는 마음으로 잠자리에 들었다. 세상에 산타가 어디 있어? 널 제일 사랑하는 엄마, 아빠가 산타지? 며칠 전 식탁에서 산타 이야기가 나왔을 때 이제는 문채의 할머니가 된 어머니가 했던 말을 나는 신경질적으로, 조용하고 빠르게 끊어냈다. 산타 있어, 산타 봤다는 애들 엄청 많아. 표정 굳은 아이에게 나는 또박또박 말해주었다. 내 어머니의 그 말은 정성스레 선물을 준비해둔 엄마, 아빠에게 감사해야 한다는 맥락이어서 이해가 안 되는 건 아니었다. 다만 나는 아이에 대하여 다른 방식을 선택해보기로, 그 선택에 따라 조마조마한 심정을 감수하며 내 아이를 지켜보기로 오래전에 결심했을 뿐이다.

사랑하는, 아까운 내 아가에게. 언젠가 욕망과 욕심, 때로는 수치심이 네 시선과 감정에 자리 잡을 것이다. 그런 시기가 다가오는 걸 초조하게 지켜보는 내가 때로는 얼마나 어리석게 느껴지는지 모른다.

하지만 내 눈을 빤히 바라보는 네 얼굴 앞에서 나는 너에게서 빠져나가는 것들을 하릴없이 아까워하며, 조금만, 조금만 더 천천히, 하는 마음으로 살아보기로 했다.

꿈이 없으면 어떡해요

김소형

"선생님. 저 정말 꿈이 없는데 어떡해요."

어른들은 종종 아이들에게 꿈을 묻는다. 꿈을 발표하라고 한다. 평소 재빠르게 가방을 들쳐 메고 가던 학생이 남아 서성이며 묻는다.

"저 정말 없는데요."

직업이 꿈으로 직결되는 것이 아니라고 말해주면 다시 묻는 아이들이 있다. "행복한 회사원이 되는 것도 꿈이라고 할 수 있나요?" 나는 매우 좋은 꿈이라고 전달한다. "제가 아직 뭘 몰라서 그런 거라고 엄마한테 혼났어요." 학부모의 처지에서는 아이가 어려서, 아직은 공적인 발언을 못 해서, 라고 생각할 수 있지만, 행복한 커리어 우먼이 되겠다는 아이의 생각을 들어보고 싶어진다. 서진이는 드림렌즈를 끼면서 불편함을 느껴 방법을 보완할 수 있는 안과 의사가 되고 싶다 말했지만, 사회의 구조 때문에 선택하게 된 부분이 있다고 밝혔다.

"아무래도 안정적이고 인정받으니까요."

어떤 아이는 말했다.

"선생님. 저 사실 꿈이 예전에는 있었는데요. 지금은."

나는 대답을 기다렸다.

"찾아가는 중이에요."

역시 꿈이 없다, 라고 말하는 것과 꿈을 찾아가는 중이다, 라고 말하는 건 다르게 들린다.

한번은 꿈과 관련된 이야기를 써보라는 시험지에 백지를 낸 학생을 보기도 했다. 주안은 성실하게 답을 적었고 그 문제만 백지로 냈다. 나는 이유를 알기 위해 시험지를 자세히 들여다보았다. 시험지에는 꾹꾹 눌린 연필 자국이 보였다. "꿈이 없는 데 쓰면 거짓말이니까……." 그는 한 줄 정도를 썼다가 지웠다.

김소형

나는 주안에게 물었다.

"이건 진실과 거짓이 아니야. 앞으로 어떻게 지내고 싶어?"

"평범하게요."

"평범하다는 기준이 뭘까?"

주안은 생각했다. 나는 '평범하게 살고 싶은 이유'를 적어오는 숙제를 내줬다. 그는 너무 눈에 띄지 않고, 또 감춰지지 않은 채로 언제나 중간 정도를 유지하면서 근심 없이 살고 싶다고 적어왔다. 자신이 거짓말을 하지 않았다는 사실 자체에 편안함을 느낀 듯 보였다.

아이들은 거짓말을 하지 않으려 노력하는 것 같다. 무수히 시험이라고 말해줘도 마찬가지다. 하지만 누군가는 이런 말을 한다.

"쌤. 저 원래 꿈은 없는데요. 발표하기 쉬운 직업 잡아서 했어요."

역시나 고백이 문제다. 아이들은 진실을 말하지 않았다는 사실을 못 참는 것 같다. 쉽게 거짓말하고 다시 괴로워하고 다시 거짓말하고, 그런 모습들을 봐왔는데도 정작 형식적인 시험 앞에서 고백하는 모습을 보자니 아이다움이란 무엇인가. 근본적인 질문을 하게 된다.

한번은 이런 적도 있다. 그는 동영상까지 첨부해서 로봇 연구자에 대해 근사하게 발표하고 나서 이 말을 덧붙였다.

"원래 로봇 연구자도 관심은 있지만, 사실 제 꿈은 돈 많은 백수인데요. 그래도 제 품위를 위해서 로봇 연구자로 준비해왔습니다."

여전히 아이들은 다시 발표하기 전에 말한다.

"저 꿈이 없는데."

짐짓 쉿, 이라고 말해주고 들을 준비를 한다. 한 아이는 자신의 꿈이 아이들에 비해 너무 소박한 것 같아서 걱정이라고 말했다. 그는 요리를 잘 해주는 아빠가 되고 싶다고 말했다. 레시피를 공부한 다음에 아이들에게 요리를 해주고 "역시 우리 아빠 최고!"라는 소리를 듣는 게 꿈이라는 것이다. 나는 아이의 가정을 그려보았다. 저런 꿈을 가질 수 있는 환경을 생각하게 되었다.

의사가 되고 싶다는 아이들, 검사가 되고 싶다는 아이들.

김소형

나는 왜 이 꿈이 생겼는지를 묻는다.

아이는 해맑은 얼굴로 "어? 그러게요." 하고 말하고는 웃었다. 그는 영특하고 성실하다. 한 번도 꿈이 바뀌지 않았지만 왜 의사가 되고 싶었는지는 대답하지 못했다. 그건 생각해본 적 없는 영역이라는 듯이.

어떤 아이는 뮤지션이 되고 싶다고 했고 어떤 아이는 영화감독이 되고 싶다고 했다. 어떤 아이는 배우가 되고 싶다고 했고 어떤 아이는 팝스타가 되고 싶다고 한다.

나는 그들의 미래를 떠올린다. 때로는 명확하게 보이는 미래가 있다. 뚜렷하게 자신의 꿈을 밝힐 수 있는 아이에게서 보이는 어른의 모습이 있다. 나는 빠른 재생을 통해 그들의 삶을 들여다본다.

최근에는 유튜버가 되고 싶다는 아이들이 현저히 줄었다. 아이들이 성장해서일까? 시대의 변화일까? 예전에는 유튜버를 꿈꾸는 아이들이 저마다 계명을 밝히기도 했었다.

첫 번째, 조작, 뒤 공작 등은 하지 않는다.

두 번째, 말을 조심해야 한다. 한 번의 실수로 채널

이 무너질 수 있기 때문이다.

세 번째, 마음을 굳히고 부모님께 허락을 받는다.

네 번째, 전문 편집자를 고용하여 돈을 많이 번다.

다섯 번째, 내가 성공하면 같은 분야의 유튜버들과 친해진다.

- 끝 -

실제 유튜버를 도전했다가 실패한 경험, 그게 얼마나 어려운 일이었는지를 진솔하게 적은 발표도 볼 수 있었다. 코로나19가 시작되고 가장 많이 등장한 직업은 백신 연구자였다. 이전에는 아무도 말하지 않았던 직업이었고 최근에는 다시 사라졌다.

어렸을 때, 꿈을 적는 칸에는 아이가 원하는 꿈과 부모가 원하는 꿈이라는 항목이 붙어 있었다. 나는 작가, 선생님을 적었다. 정말로 작가가 될 거라 생각했던 건 아니다. 정말로 선생님이 되고 싶었던 건 아니다. 선생님이 나를 불러 "너는 좋은 작가가 될 거야."라는 말에 나는 의아한 표정을 지었다. 나보다 앞선 미래를 본 어른을, 나는 잊지 않는다.

"쌤은 꿈을 이뤘네요?"

김소형

아이들의 말에 그런가, 하고 대답한다. 당시 내 머릿속에는 사교육 현장에서 일하는 선생님의 모습은 없었다. "나 때는 말이야, 학원에 다니는 아이들이 많지 않았어", 하는 어른의 모습이 자꾸 떠오른다.

"제 꿈은 선생님입니다."

이 말을 하는 아이에게 시선이 가는 건 환경 때문이리라. 궁금하다. 아이는 분명 선생님의 영향을 받았을 것이다. 하지만 단지 어른의 영향만으로 꿈을 정하게 되는 걸까. 아이가 아이를 가르치고 싶다는 욕망은 어디에서 오나.

다양한 연령 앞에서 수업하던 순간들을 떠올린다. 시 수업을 하면서 아이들을 가르치기도 했고. 성인들을 가르치기도 했고 대학 강의를 하며 학생들을 가르치기도 했다. 그때마다 내가 가르치는 업을 하고 있다는 사실이 놀라웠다. 아이들과 성인들, 중년과 노년을 거쳐 사람들 앞에 서 있는 순간이 새삼 새로웠다.

"담임선생님의 영향이 컸어요. 선생님이랑 합이 진짜 잘 맞았거든요. 또 제가 가끔 친구들을 가르쳐 주는데 그때 성취감이랄까. 깨닫는 게 있거든요. 그게 정말 좋았어요."

나는 또래의 친구들을 가르쳐주는 아이들의 모습을 그려본다. 가르쳐주다 보면 알게 되는 것이 있다. 그 배움은 분명 훌륭한 것이다.

"어떤 선생님이 되고 싶어?"

아이는 말한다. "책임감 있는 선생님이요." 대답에는 아이가 발견한 진실이 있다. 공교육을 통해 아이들에게 영향을 주는 선생님들의 모습을 본다. 선생님이란 직업이 한동안 나오지 않다가 최근에 다시 나오게 된 것은 그들의 노력을 아이들이 봤기 때문일 것이다. 어떤 직업은 사라지고 어떤 직업은 다시 나온다. 누군가의 영향력을 듬뿍 받으며 성장하는 저들의 모습을 통해 슬며시 깨닫게 된다. 아이들은 내 속도 모르고. "야. 선생님 같은 선생님 되고 싶다고 말해. 가산점!" 호들갑을 떤다.

한때 우리는 유토피아에 대해 말한 적 있다. 로이스 로리의 소설 『기억 전달자』의 똑같은 형태의 가족, 동일한 교육, 직위가 내려져 변화 없는 안정된 세계가 유토피아인지, 기억 전달자인 조너스가 썰매를 타고 넘어간 우리의 불완전한 세계가 유토피아인지

김소형

의논했다. 아이들은 직업을 선택받았던 세계를 선호하기도 했었다. 그러나 이 선택은 아이들의 모습으로만 볼 수는 없을 것이다. 과거에도 그랬고 앞으로의 미래에도 몇몇 아이들은 모든 것이 확정되고 안정된 세계를 선택하고 싶을 것이다. 그럼에도 썰매를 밀고 언덕을 내려오는 사람이 있듯이, 누군가는 기꺼이 불완전함을 택하고 기억을 전달한다.

나는 아이에게 말한다.

"내가 아이들과 있었던 이야기를 산문으로 쓰고 있어. 네가 꿈이 변하지 않았다면, 우리가 여전히 만나고 있다면 책을 선물할게."

아이들은 주변에서 "오! 공짜 책!"이라고 말한다.

몇몇 학생들은 "시인이 산문도 써요?" 하며 놀란다. 여러 번 놀랄 수 있는 세계가 나는 신기하다. 그렇게 우리는 응원하는 법을 배운다.

김소형

특별한 손님 이야기

남지은

늦봄에 부는 바람은 달고 아린 맛. 필요한 모두에게 고루 가 닿기를. 모두가 행복해지기를. 그런데 이런 마음은 어디서 불쑥 솟아난 것일까. 옹졸한 마음이 내겐 더 자주 깃들어 있는 듯한데. 반대의 마음이 원래 주인인 것같이 환하게 자리한 이 봄…….

지난봄엔 짱이가 떠났다. 여행 혹은 쉼이라고 표현해도 될까. 죽음을 죽음으로 받아들여야 할 것을 가로막는 건 아닐까. 이 글을 쓰는 지금도 나는 내가 거실에 가면 거실로, 내 방으로 가면 내 방으로 짱이가 꼬리를 흔들며 와줄 것만 같다. 누구는 강아지 한 마리 죽은 것과 사람을 떠나보내는 것의 아픔을 저울 달아 말하기도 하고, 누구는 이미 벌어진 일에 지나치게 매달리지 말라는 조언을 해주기도 했다. 새 강아지를 들이면 낫더라는 말도 있었다. 염려해서 나온 말이겠다. 하지만 나는 일어난 일을 더디 받아들이며 일 년여를 하릴없이 보낼 뿐이었다. 처음 몇 주 동안은 집에 혼자 있기가 힘들어서 친구를 불러 지냈다. 또 얼마간은 제주 친척집에 머물렀다. 여수 아버지댁에 가 있기도 하고 친구들, 은사님의 집에도 갔다. 어디로 가든 얼마 후엔 결국 빈집으로 돌아와야 했다. 짱이 없는 거실을 윤이 나게 쓸고 닦기 시작한 건, 어린이들을 맞이하기 위해서였다.

선생님 많이 울었어요?

짱이가 없으니까 집이 너무 넓어진 거 같아요.

밖에 강아지 짖는 소리 들으니까 짱이 생각이 나요.

짱이는 하늘나라에서 산책하고 있을까요?

저번처럼 다 같이 옥상에서 놀아요. 짱이도 놀러

남지은

오게요.

짱이는 어떻게 조약돌이 되었어요?

그동안 많이 아파서 조약돌이 갈색 됐나 봐요.

방문 열어 봐도 돼요? 방에 짱이가 와 있을 거 같 아요.

짱이가 죽고 글쓰기 수업을 재개하면서 나는 좀 긴장해 있었다. 혹시 어린이들이 슬픔에 빠져 울기라도 하면 무어라 달래야 할까, 상심하여 기운을 잃으면 어쩌나 하고. 그런데 어른들이 조심스러워하며 묻지 않은 질문을 어린이들은 정말이지 궁금한 눈빛으로 물어 왔다. 느끼는 대로 쉴 새 없이 말을 걸어왔다. 쏟아지는 질문에 하나씩 하나씩 답을 하는데 참 이상했다. 전혀 마음 다치지 않고 답할 수 있었다.

까닭을 안다. 어린이들은 그리워하고 있었다. 나와 같이 그리워했다. 우리는 함께 시간을 보낸 사이이기 때문이다. 아홉 살 어린이들은 저들만의 방식으로 짱이를 아껴왔다. 짱이의 하얀 눈이 낯설고 무섭기도 하지만 나이를 먹어 몸이 변하는 중이라는 걸천천히 이해했다. 많이 아프다고 언급한 때부터는 꼭 두세 걸음 떨어져서 인사를 했다. 강아지를 쓰다 듬고픈 마음을 꾹 참고서, 상체를 수그려 눈을 맞추 거나 손을 팔랑여 짱아 안녕 아프지 마 읊조리면서.

어떤 날은 안 되겠는지 짱이 머리나 꼬리 부근에 손을 살짝 대보았다. 아쉬운 마음을 저렇게라도 달 래는가 보다 생각하고 있으면 어린이들은 내 쪽으로 고개를 돌려 슬픈 표정으로 말했다.

짱이가 추운가 봐요. 잘 보이지 않지만 몸을 작게 떨고 있어요.
잘 자라고 말해주렴. 짱이는 쉬어야 해.

나는 대꾸하며 수업으로 돌아가곤 했다. 짱이가 안아달라고 심하게 보채는 날에는 집중이 깨졌다. 개를 돌보는 것도 수업을 진행하는 것도 제대로 되 는 게 없는 것 같았다. 양쪽으로 속이 상한 나는 마 음속으로 제발, 제발 하며 짱이를 다독였다. 짱아. 기 다려. 누나 일 다 끝나고 안아줄게. 말을 알아들은 양 짱이가 방에서 나오지 않고 긴 잠을 자는 날도 더 러 있었다.

119

어느 날 우리 반에 짱이가 왔다. 그런데 짱이가 처음이라 그런지 부들부들 떨었다. 나는 짱이에게 '괜찮아'라고 말하고 싶었다. 그치만 수업 시간이어서 말을 못했다. 나는 살짝 짱이가 가엾었다. 아이들은 (나도 그랬고) 모두 수업에 집중하지 않고 짱이만 보았다. 나는 그날이 정말 좋았다.

짱이야, 너가 너무 인기가 많으니 구석에 숨어서 공부를 하는 게 어떠니? 다른 아이들이 너를 자꾸만 보잖아.

선생님이 말했다. (나는 짱이가 보고 싶은데…….) 그래서 짱이는 고개를 끄덕이며 자리를 옮겼다.

짱이 없는 거실에 어린이들이 와준 날. 동화 『봄날의 곰』에서처럼 우리 반에 특별한 손님이 찾아온다면 누가 좋겠는지 짧은 이야기를 지어보기로 했다. 서정은 반 친구들 앞에서 산수 문제를 풀게 된 보노보노를, 범준은 준비물을 깜박했을 때 무엇이든 빌려주는 도라에몽을 불러냈다. 이야기에 어울리는 그림도 옆자리에 그렸다. 선우는 글이 완성되기 전에는 보여줄 수 없다면서 커다란 판형의 그림책을 펼

쳐 세워 시야를 가렸다. 그렇게 일필휘지로 쓴 글이
「봄날의 짱이」였다. 선우의 글을 앞에 옮기면서 또
한 번 감탄한다. 그간의 우리들 수업 풍경과 각 인물
의 마음 상태가 몇 문장 안에 다 담겨 있으니까. 잠
깐이나마 짱이를 구석에 숨기고 싶었던, 아픈 개를
감당하기 힘들어했던 그즈음의 나를 대사 한 줄로
꿰뚫고 있으니까. "그래서 짱이는 고개를 끄덕이며
자리를 옮겼다"라는 대목에서는 몇 번이고 엎어져
울 수 있다.

범준은 바지 주머니에서 바스락바스락 뭔가를 꺼
냈다. 소중한 보물을 다루는 듯한 손길이었다. 자기
가 가장 좋아하는 간식이라고 이야기했던 초콜릿 과
자였다. 드세요, 하고 짧게 말하면서 과자를 내 쪽으
로 밀었다. 처음 먹어보는 초콜릿 과자라며 내가 기
쁜 내색을 비치자 범준이 살그미 웃었다. 세 친구들
에게 내가 가진 옥수수맛 과자랑 청포도맛 사탕을
고루 나누었다. 나중에 든 생각이지만, 이전까지 나
는 어린이들 호주머니에 사탕이나 초콜릿 같은 간식
이 응당 하나쯤 들어 있을 거라고 여겨왔던 것 같다.
하지만 어린이들은 그런 기쁨이 주어졌을 때 아낌없

이 입에 녹일 줄 아는 존재들이다. 다른 누군가를 떠올리며 다디단 그것을 간직하고 선물한다면 사랑 아닐 리 없다. 범준이 고이 챙겨온 내 몫의 초콜릿 과자는 울음이 가시는 맛이었다.

서정은 기도하는 손처럼 양 손바닥을 딱 붙였다. 그 사이에 든 무언가를 내 손안으로 쏙 집어넣었다. 집에서 미리 준비해온 쪽지였다. 꼬깃꼬깃 서너 번 접혀 있어서 더욱 비밀스럽게 느껴졌다. 서정 씨. 지금 읽어봐도 될까요? 내가 허락을 구하자 서정이 의자를 당겨 앉고는 검지와 엄지를 붙여 오케이 사인을 보냈다. 펼쳐 봐요, 라는 글자가 쪽지 겉에 힘주어 적혀 있었다. 쪽지를 펼쳤더니 천사 링과 날개를 단 짱이가 이렇게 말하고 있었다.

엄마! 그동안 나 키워 조서 고마오♡
나 없이도 잘 있어♡

서정은 나를 만나러 오기 전에 『나 개 있음에 감사하오』에 실린 짱이 이야기를 여러 번 읽었단다. 그런 다음 이 쪽지를 쓴 거랬다. 쪽지에는 썼다 지웠다 한 연필 자국이 희미하게 남아 있었다. 짱이 그림과 몇 마디 말을 더 보태었다가 지운 것 같았다. 하하 웃음이 났다. 짱이 잘 갔구나. 따뜻하고 밝은 곳에 아픔 없이 도착했구나. 안도의 한숨이 내쉬어졌다. 알 길이 없던 짱이의 안부를 서정으로부터 전해 들었으므로. 어떤 말로도 실감되지 않던 죽음, 죽음 너머, 애도의 시간이 비로소 손안에 뭉근히 만져졌다. 작은 세 사람이 그날 내게 건넨 것들은 지금껏 받아온 모든 마음과 전혀 다른 형태와 깊이로 나를 울렸다.

*

여기부터는 다 울고 나서 쓰는 글.
서정에게서 받은 또 다른 편지에 기대어 쓴 시작 메모이다.

편지 잘 받았어. 보고 싶은 마음을 듬뿍 담은 네 편지 말이야. 혹시 내 답장을 기다렸을까. 보고 싶다는 말. 내 마음을 안다는 너의 말을 내내 떠올렸어.

네가 남긴 말이 나를 거뜬하게 만들어. 어둠뿐인 길을 잘 건널 수 있는 건 네 덕분이야.

우리 마지막 포옹 기억해? 처음 만났을 때보다 한 뼘은 더 큰 것 같았어. 너도 나도 말이야. 양팔로 너를 똘똘 감싸 안으면서 생각했어. 시간은 강물처럼 위에서 아래로 흐르는 것이 아니라, 나무의 나이테처럼 안에서 밖으로 자라나는 것 같다고 말이야. 그리고 마음으로 말했어. 너는 자라서 네가 되지. 너는 네 안에 다섯 살, 아홉 살, 열두 살, 스무 살…… 너들을 꼬옥 안아주렴. 이건 나도 나의 시 선생님께 배웠단다.

너를 안은 팔을 풀고 나는 걷고 또 걸어. 서교동과 성산동, 연남동과 연희동 골목을. 은행나무 연둣빛 잎들이 넘실거려. 순하고 너그러운 마음의 출처는 저기가 아닐까. 너는 알 거야. 보석처럼 단단하고 빛이 나는 시간이 너에게도 있다는 걸. 누군가에게 뽐낼 필요 없는 일이지. 떠올리기만 해도 영원해지는 행복이니까. 답장하는 마음으로 적어줄래? 잊히기 쉬운 이야기, 작고 가물가물한 이야기, 미루다 보면 모습을 감추는 이야기, 그러나 그 모든 순간이 모여 지금의 너를 이루는 이야기들을.

남지은

나의 작고 어린
대치동 친구들에게

박세랑

오늘 하루는 어땠어?

 씩씩대며 학원 문을 박차고 들어오는 나의 작은 친구들아. 피곤해 죽겠는데 밖에 나가 놀고 싶은데 왜 엄마는 종일 학원만 뱅글뱅글 돌라고 하는 걸까? 졸려서 눈이 감기고, 하품하다 땅이 꺼지고, 천장까지 와르르 무너지면 얘들아, 선생님은 정말 갈 데가 없단다. 그러니 눈 좀 떠봐. 지금부터 내가 너희들을 많이 위로해보려고 해. 그전에 너희들에게 부탁할 것이 몇 가지 있단다.

우선은 학원 갈 때 엄마가 선생님 마실 커피를 테이크 아웃하려고 하면 제발 말려주길 바라. 선생님은 카페인이 든 음료를 못 마신단다. 커피만 마시면 손이 덜덜 떨리면서 식은땀이 흐르고 헛소리가 밥알처럼 툭툭 튀어나오는데, 왜 자꾸 라떼에 휘핑크림까지 잔뜩 올려서 가져오는 건데. 그럼 선생님 마음이 너무 힘들어 얘들아. 한 잔에 칠천 원이 훌쩍 넘는 커피를 선생님이 어떻게 마시지도 못하고 수챗구멍에 들이붓겠니. 원룸에 살면 한 달에 전기세도 팔천 원밖에 안 나와. 그러니까 엄마가 스타벅스에서 커피 사려고 할 때 선생님은 스무디 종류나 너희가 좋아하는 초코우유를 주문해주면 좋겠어. 어른이라고 다 커피의 쓴맛만 좋아하는 건 아니란다. 너희랑 매일 좁아터진 교실에서 실랑이를 벌이다 보면 자동으로 당이 떨어지기 마련이거든. 그러니 선생님한테 음료를 사주고 싶거든 당 충전이 가능한 무카페인 음료로 부탁해. 그리고 커피보단 사실 김밥 한 줄이 선생님은 훨씬 더 좋단다. 커피가 칠천 원이면 김밥은 한 줄에 삼천오백 원밖에 안 해. 그러니 잘 생각해보렴. 선생님은 설탕물 대신 허기진 배를 채우고

박세랑

너희들 부모님은 푼돈을 챙길 수 있으니 이보다 더 합리적인 선택이 어딨겠니.

그리고 한 가지 더! 정말로 간곡히 부탁할 것이 있단다. 제발 수업 시간에 선생님이 하는 말을 몰래 녹음 좀 하지 마. 요즘 너희들이 차고 다니는 스마트 워치에 녹음 기능이 있다는 걸 나도 다 알고 있단다. 선생님이 너희를 혼내거나 소리 지르면 엄마가 바로 녹음하라고 시켰겠지? 그런데 선생님이 왜 혼을 내겠니. 너희가 옆에 앉은 친구한테 자꾸 장난치고 풀라는 문제는 안 풀고 일부러 시끄러운 소리를 내면서 떠들어대면 나더러 어쩌라는 거니. 너희가 그럴 때마다 선생님은 정말 책상 밑에 들어가서 울고 싶어져. 나도 우리 엄마한테 달려가서 너희들이 날 괴롭힌다고 다 이르고 싶어. 그런데 뭐? 선생님이 조금 혼낸 거 가지고 몰래 녹음이라니. 너희가 녹음한 걸 엄마들이 브런치 카페에 둘러앉아서 다 같이 듣는다는 거 나도 알아. 그래 놓고 맘 카페 같은 곳에 선생님 욕하는 글을 올린다는 것도 다 알아. 어쩐지 신학기인데 원생들이 우수수 빠진다고 했어. 휴……. 그런 어머니들께 웃으면서 상담 전화를 돌리다 보면 배가 살살 아프고 위염이나 장염이 고질병이 된단다.

마지막으로 한 가지만 더 부탁하자. 선생님 몇 살이에요? 왜 결혼 안 해요? 아기는 왜 없어요? 이런 질문 좀 하지 마. 우리 엄마, 아빠도 이제 포기하고 안 물어보는 걸 왜 니들이 자꾸 묻는 건데? 내가 너희보고 아직도 밤에 화장실 혼자 못 가? 엄마 없으면 목욕도 혼자 못 하니? 매운 김치 아직도 못 먹어? 설마… 아직도 'ㅂ'이랑 'ㄷ'이랑 헷갈리는 거니? 이런 식으로 매일 꼬치꼬치 물으면서 괴롭히면 좋겠니? 그러니 입장 바꿔 생각이라는 걸 좀 해보자 친구들아.

그래. 잔소리는 이쯤 하고 이제 너희들에게 위로 아닌 위로를 좀 많이 해보려고 한다. 우선 학원 교재를 산더미처럼 실은 캐리어를 거리마다 끌고 다니는 친구들아. 어깨가 축 처진 채로 키즈폰으로 엄마한테 잔소리 폭탄을 듣고 있는 친구들아. 그게 다 너희 인생의 무게라는 걸 나도 알고 있단다. 무거운 가방을 질질 끌고 다니느라 뛰지도 못하고 얼마나 불편하겠니. 어마 무시하게 짜증 나는 수학 교재랑 숙

박세랑

제량이 지독하게 많은 영어 교재랑 국어는 어휘, 독해, 논술, 맞춤법 등등 교재가 종류별로 너무 많네. 가방 안에 장난감들이 종류별로 차곡차곡 들어 있다면 참 좋을 텐데. 뭐, 너희들이 진짜로 공부만 종일 하고 싶겠어? 숙제를 안 해오면 학원에서 잘릴지도 모르니까. 엄마가 꾸벅꾸벅 졸고 있는 너희들을 들들 볶아대며 숙제를 새벽까지 시켰겠지. 어쨌거나 숙제는 선생님과의 약속이고 너희들의 학업 능력을 업그레이드시킬 수 있는 방법이니까. 그걸 완수했다는 건 정말 칭찬받을 일이지. 그런데 숙제는 네 힘으로 한 거니? 아니면 숙제 도우미 선생님이 방문하셔서 또 도와준 거니?

　내가 두 번째로 위로하고 싶은 건 엄마, 아빠 눈치를 많이 보는 너희의 마음이란다. 오늘도 간식을 뚝딱뚝딱 만들어주고 학원까지 데려다주시는 돌보미 이모님이랑 잘 지냈니? 엄마들은 종종 너희가 어디가 아픈지 모를 때도 있지만 이모님은 병원도 데려가주고 밤새도록 너희를 간호해주잖아. 논술 시간에 부모님께 감사 편지를 쓰라고 했더니 돌보미 이모님께 구구절절 진심을 담아 마음을 전한 네 편지를 읽고 선생님은 좀 감동했단다. 하지만 엄마, 아빠들은 너희들이 살고 있는 아파트 관리비와 너희들이 먹어 대는 유기농 식재료 비와 너희들이 다니는 학원비를 충당하려고 밤낮으로 쉴 새 없이 일해야만 하겠지. 물론 주말만 되면 혼자 유튜브를 보다 코를 골고 자 거나 엄마 눈을 피해 게임만 하는 아빠들도 있겠지 만. 그런 아빠에게 축구 좀 같이하자고 화내봤자 괜히 기운만 빠지니까 엄마랑 조용히 동네 키즈카페에 가서 방방이나 타는 게 오히려 나을 수도 있겠지 뭐. 너희가 벌써 아빠를 이해할 짬이 되었다는 게 조금 슬프면서도 정말 대단하다는 생각이 들어.

다음으로 너희를 위로하고 싶은 건 말이지. 새 학기마다 학원 테스트를 종류별로 열 개씩, 스무 개씩 봐야 해도 꾹 참아내는 그 정신력이야. 너희들이 뭐 테스트를 보고 싶어서 보는 거겠니. 수준 있는 학원에 붙으면 엄마 어깨만 잠시 높아질 뿐일 텐데. 엄마 체면을 위해서라도 죽어라 과외 수업을 받고, 길에서 걸으면서도 영어 단어를 외우고 있는 너희들의 안색이 정말 피곤해 보여. 그러니까 학원 와서 자꾸 졸고 있잖아. 졸면서 잠꼬대까지 영어로 중얼대는

박세랑

너희를 어쩜 좋을까. 스트레스 압박으로 틱 장애까지 와서 눈 주위 근육을 씰룩씰룩하는 너희들을 보면서 난 마음이 조금 슬펐단다. 우리가 이렇게 치열하게 살아가고 있는데, 살아남기 위해서 날마다 세상과 맞서고 있는데, 매일매일이 진짜 힘들어 죽겠는데. 어른들은 왜 우리 마음을 몰라주는 걸까. 80대 할아버지도 지나가면서 아이고 죽겠다 하잖아. 우리도 유치원에서 돌아와 가방을 내려놓으며 아… 힘들어 죽겠다, 소리칠 때가 있다는 걸 세상이 알아주면 참 좋겠는데 그렇지?

얘들아, 요즘은 코로나 때문에 여행도 못 가고 집에 박혀 공휴일에도 주말에도 주야장천 학원 숙제만 해야 하는 거 너무 힘들지? 그럼에도 우리는 사랑받기 위해서 갖은 노력을 하고 있다는 걸 어른들이 좀 이해해주면 좋겠는데… 학원에서 스탬프를 열심히 모아 받은 코인으로 엄마 사탕, 아빠 사탕까지 골라서 사 가는 나의 친구들아. 테스트를 잘 쳐서 엄마를 기쁘게 하고 싶은 마음, 영어 스피치 대회에서 상을 받아서 출장 간 아빠랑 영상 통화할 때 짜자잔! 하고

트로피를 보여주고 싶은 마음, 그런 마음들이 커져서 너희를 지치게 만들고 불안하게 만들 때도 있겠지만, 너희는 이 세상에 태어나 최선을 다해 살아내고 있다는 사실 하나만으로도 박수받을 자격이 충분하단다.

애들아 나는 너희들의 치열한 삶을 곁에서 지켜보면서 통장 잔고에 구멍 나는 건 막을 수 있었지만, 살은 좀 많이 빠졌어. 솔직히 말하면 너희들이 나를 괴롭히면서 못살게 구는 게 수업 시간의 절반 이상이잖니. 그럼에도 불구하고 너희가 한여름 무더위에도 삼십 분 동안 쿠키 한 조각을 손에 꼭 쥐고 학원에 도착했을 때, 땀에 젖어 축축해진 쿠키 조각을 내 입에 넣어줄 때, 온갖 세균이 입에 들어온다 생각하면 속으로 울고 싶지만 그래도 난 너희들이 너무 좋아. 입에 넣기만 해도 당뇨병이 걸릴 것만 같은 커다란 구슬사탕을 나한테 선물로 줄 때 그걸 먹어보라고 너무 맛있다고 자꾸 강요할 때 그럴 때도 너희들이 나라는 사람한테까지 먹는 기쁨을 나누려고 한다는 게 진심으로 느껴져 감동일 때가 가끔 있단다.

그러니 나의 작고 소중한 친구들아. 우리 다 같이

박세랑

꿋꿋하게 살아남자. 살아남아서 나도 반짝반짝 멋진 사람이라는 걸 온 세상에 펼쳐 보이자. 덕분에 나도 너희처럼 이 세상을 치열하게 살아내고 싶다는 의지가 생긴 거 같아. 그러니 끝까지 너희랑 함께하면서 세상이 조금씩 변하는 걸 지켜보고 싶어.

사랑하는 나의 친구들아 숙제 잘 챙겨오고 이따 학원에서 봐^^

다시 말하지만, 커피는 제발 사 오지 말고!

―

별별 학원 너희들의 만만한 국어 선생님이.

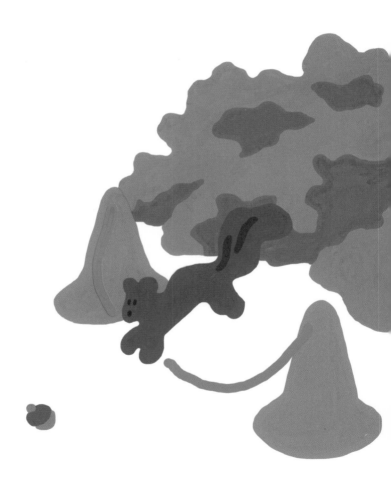

박세랑

열을 세고 난 다음에

*

울지 않으려고 하는 아이가 있다.

아이는 교실 창가에 앉아 있다. 줄곧 창문만 바라보고 있다. 창문에 드리우는 것들을 헤아리면서, 입김을 불어 넣어 글씨를 쓰기도 한다. 저 창문에 적혀 있는 모든 손자국은 저 아이의 것이다. 그 아이의 엄마는 교실 뒤에 서 있다. 엄마들 가운데 가장 젊고 세련된 모습이다. 두껍게 바른 립스틱과 커다란 링 귀걸이, 찢어진 청바지. 이 교실에 있는 게 어색해 보인다. 그런 엄마는 창문만 바라보고 있는 자신의 아이에게서 눈길을 뗄 수가 없다.

  갈색 카펫 위에 아이와 엄마는 서로를 마주 보고 앉아 있다. 아이는 혼날 일이 있었는지 한참을 생각했는데, 도무지 생각나지 않는다. 왜냐하면, 울지 않으려고 애쓰는 아이이기 때문에 혼날 짓은 하지 않는다. 아이의 엄마는 '1998년 MBC 창작동요제 악보집'을 건넨다. 악보와 가사를 보면서 마음에 드는 노래를 해보라고. 아이는 난생처음 갖게 된 악보집에 괜히 들뜨게 된다. 악보를 보기 위해서 피아노 건반을 누르고 페달을 밟는다. 가사에 담긴 의미를 헤아리며 또 그것을 어떤 마음으로 불러야 하는지 생각한다. 엄마가 내준 숙제가 그것이다. 그래서 이것이 나에게 무슨 도움이 되지? 차라리 훌륭한 말주변이나 붙임성을 배워 오라고 하지, 아니면 악을 쓰며 손들고 발표하려는 천진한 아이가 되라고 하지. 아이의 엄마는, 말하듯이 노래해보라고 한다. 말하듯이.

  아이는 내성적이고 조용한 성격이었지만, 내심 노래하는 것을 좋아한다. 노래를 하면 사람들이 잘 부른다고 칭찬을 해주기도 한다. 외우고 있던 노래를 친구들 앞에서 부르는 일이 많아진다. 심장이 떨어

서윤후

질 것처럼 긴장한 얼굴이지만, 아이는 안다. 노래를 하면 많은 사람이 자신을 본다는 것을. 쟤는 늘 창가에만 앉는 별난 아이잖아. 그렇게 자신을 소개하지 않고, 박수와 환호를 마음껏 보내주니까. 아이는 노래 부르는 일로 자신의 창문을 하나씩 깨뜨려온 것인지도 모른다.

아이는 무대에 서 있다. 두 손을 살포시 모아 포개고, 박자에 맞게 휘젓는다. 피아노를 반주하는 친구는, 마이크 앞에 선 아이와 함께 입으로 셋을 센다. 소리 없이 가장 정확한 뻐끔거림이 끝나고 노래는 시작된다. 아이는 노래를 부르다가 긴장한 나머지, 피아노 반주보다 빨라진다. 피아노를 치던 친구도 덩달아 당황해 틀리게 된다. 노래를 망치게 되었지만, 아이는 두 눈을 질끈 감고 노래를 끝마친다. 무대가 끝나자 사람들의 박수갈채가 쏟아진다. 실수가 있었지만, 끝까지 용기를 쥐고 있었기 때문일까. 아이는 평소보다 더 큰 박수와 환호성을 듣는다. 큰 무대의 가운데에 서서 아이는 눈부신 세계를 바라본다. 그날의 박수와 환호성은 그 아이를 충분하게 만들었다. 아이는 개운하게 다 운 것처럼 맑게 웃는다.

*

아이의 아버지는 우는 것을 끔찍이도 싫어한다. 조금이라도 아이가 울상을 짓거든, 세상에서 가장 큰 잘못을 한 것처럼 불호령을 내린다. 아이는 방으로 들어가 조용히 방문을 잠그고, 베개에 얼굴을 파묻는다. 소리 없이 우는 법을 터득한다. 눈과 코와 입이 그려진 작은 눈물 도장을 찍는 것은 이제 아이의 소일거리가 된다. 아이는 여전히 울지 않으려고 노력한다. 우는 아이는 혼이 나기 때문이다. 아이가 우는 모습을 본 사람은 거의 없다. 아이는 자신이 언제 울었는지조차 기억하지 못한다.

그런 아이에게 동생이 있다. 동생은 가족의 걱정을 한 몸에 사고 있다. 남들보다 말문이 너무 늦은 탓에, 동생은 남들이 한글을 깨치고 영어까지 섭렵하는 동안에도 자신의 이름이나 나이도 잘 말하지 못한다. 어른들은 어딘가 늦은 구석이 많은 동생을 하염없이 귀여워하다가도, 뒤에서는 한숨을 쉬곤 한다. 아이는 그 모습을 지켜본 적 있다. 그 후로 동생을 걱정하게 된다. 끄덕이거나 고개를 젓는 정도의 대답밖에 할 줄 모르던 동생은, 마치 평소 말하지 못했던

서윤후

것을 푸는 것처럼 밤마다 목청 찢어지도록 운다. 세상이 무너진 것처럼. 모든 것을 잃어버린 것처럼. 서럽게 우는 동생의 일그러진 얼굴을 보며, 아이는 무언가가 쏟아진다는 것을 이해하게 된다. 펑펑 울 수 있는 동생을 내심 부러워한다. 젊은 부모는 우는 동생을 업고 밤을 지새운다. 얘는 이러다가 평생 말 못하며 사는 거 아니냐고 걱정한다. 아이는 울음을 막 그친 동생의 작은 손을 잡고 안심한다. 동생이 자신과 함께 있을 땐 서툴지만 제법 말도 잘하고, 잘 웃었으니깐. 그것은 아이와 동생의 커다란 비밀이다.

*

이 기억을 어렴풋이 가지고 있던 아이는 내가 된다.

나는 종종 어린이에 대해 생각한다. 어린이를 생각한다는 것엔, 자신의 어린 시절을 경유하는 과정이 동반된다. 육아에 큰 고민을 안고 있는 부모에게, 전문가가 본인의 어린 시절이 어땠었는지 꼭 물어보는 일처럼. 밀접하고 엉겨 붙어 있다. 어른은 자신을 비춰 아이를 본다. 아이는 자신을 비춰볼 투명한 세계를 빚는 중. 깨지고 엉망인 채로 그것을 영영 품어야 할 수도 있고 그때의 반짝임으로부터 더 이상 어둠 속에서도 자신을 소홀히 하지 않는 사람이 되어 갈 수도 있을 것이다.

나는 요즘 거리나 식당에서 우는 아이를 만나게 되면, 마음속으로 실컷 응원하게 된다. 더 울어. 실컷 울어. 마음껏 울어. 사람들이 다 볼 때까지, 더 크게, 최선을 다해.

이 응원은 울지 못 하는 어린 나의 목소리일 수도 있다. 아직까지 내가 극복하지 못한 것은, 바꿀 수 없는 그때의 어린 내 모습이 아닐까. 요즘에도 불현 듯 개운하게 울고 싶다는 생각이 들지만, 매번 실패한다. 그럴 때면 꼭 나를 밀어 넣을 서사를 찾는다. 정작 내 감정에는 소홀하면서, 시한부의 삶을 흉내 내는 젊은 배우에게, 방금 실직하거나 이별한 친구에게, 사라진 사람을 찾는 전단지에 왈칵 마음을 흘리게 된다. 나는 왜 우는 일에 집착하고 있는 것일까. 그것이 말하는 일이라고 생각하기 때문이다. 우는 일만으로 할 수 있는 말이 있다고 믿기 때문에. 그때 하지 못 했던 말들을 줍고 버리며, 지금의 시를 쓰고 있는 것 같기에. 울 수 있다는 것은 나 혼자 말

서윤후

하고 나 혼자 듣는 흐느낌에서 모국어를 배우는 일이다.

사람들 저마다 말하는 방법을 배운다. 음성 언어나 문자 언어에 의지하는 일방적인 방식이 아니라 또 다른 방식을. 마치 생존 수영처럼. 대화는 사람을 기르고 키우니까, 피를 나누지 않은 부모니까. 제 몸보다 큰 콘트라베이스를 부둥켜안고 활을 켜는 사람, 책이 될 종이를 심사숙고 고르며 펼치는 사람, 평행봉에서 자신의 한계를 시험하며 몸을 힘껏 구부리는 사람, 자신과 전혀 다른 인물의 삶을 살며 연기하는 사람. 나는 그들의 언어를 빨리 이해하고 싶어서 미술관, 공연장, 극장, 체육관 등을 전전긍긍하던 시절이 있었다. 그들의 소리 없는 웅성거림을 듣고 오는 날엔, 꼭 말이 하고 싶어졌다. 책처럼 근사한 혼잣말도 없었으니까, 나는 무언가를 조심스럽게 썼다. 어린 마음은, 말하고 싶은 마음에 쉽사리 누그러지지 않고 책을 사고, 빌리고, 줍고, 버리며 자신의 발화를 더듬어갔을 것이다. 책 뒤편에 있는 판권 면의 흰 바탕 위에 쓰고 싶은 것을 적었다. 그게 꼭 무엇이 되지 않더라도, 내가 할 수 있는 말로 여백을 채울 수 있다는 기쁨을 알아차린 것은, 울지 않으려는 아이의 생존 방식이었을 거다. 그때의 어린 나는 지금의 나에게 이렇게 이야기한다. *이렇게도 울 수 있단다, 그 눈물의 반짝임을 기억하렴. 너는 개운하게 다시 태어나는 거란다.*

*

눈을 감고 셋을 세는 동안, 숨바꼭질의 술래가 되어 10초를 세는 동안, 부모님이 오지 않는 열흘 밤을 세어보는 동안 아이는 스스로 말하는 법을 배우게 된다. 우리는 셋을 센 다음, 10초 뒤에, 열흘 밤이 지나고 돌아와 그 말을 들을 수 있어야 한다. 나는 어린이와 이야기를 나눌 때면 이런 생각이 든다. 아이의 작고 단단한 세계가 굴러와 난분분한 나를 읽는다는 생각. 오랫동안 터지지 못하고 맺혀 있던 어떤 주머니를 터트리고 사라지는 것만 같다고.

창문의 취미가 되어 꾹 다문 입술로 손자국만 남기다가, 창작 동요집 악보에 맺혀 누군가의 노래 위에 말하는 입술을 따라 하고, 혼잣말을 들려주고 싶어 하던 아이가 있다. 열을 세고 돌아본 자리에 누군

서윤후

가가 있었으면 한다. 노 키즈 존을 돌아서는 유모차 바퀴 자국 하나, 우는 아이를 업고 들썩이는 부모의 리듬 하나, 우리가 언젠가 멀리 날려 보내기 위해 접었던 종이비행기 하나, 삼촌 이름, 이모 이름이 삐뚤빼뚤, 그러나 저 멀리서도 잘 보이는 큼직한 서툰 글씨 하나, 세상의 수평선처럼 드넓게 내려앉은 눈높이 하나, 기억한 적도 없이 읊조리는 동요 하나, 주워 온 돌에 그려 넣은 얼굴 하나, 밥그릇에 숨겨놓은 시금치와 피망 하나, 혼자가 되는 젖은 마음 하나. 아이가 숨는 동안 세상에서 가장 긴 열을 세면서, 열을 세고 난 다음의 세상이 우리가 함께 살기에 조금은 완만해졌으면 한다.

서윤후

특수하지 않게 특별하게

서효인

　아이는 특수학교에 다닌다. 운 좋게도 사는 곳에
서 멀지 않게 아이가 다닐 수 있는 학교가 있다. 내
친김에 학교와 가까운 아파트로 이사까지 했다. 아
이는 유치원부터 다녀 벌써 4년째 같은 학교에 다니
고 있으니 그 또래 중 터줏대감이라면 터줏대감이
다. 대감님께서는 아직 용변을 완벽하게 가리지 못
하고, 의사소통이 원활하게 될 만큼 언어에 유창하
지 않다. 우리 대감님은 대감님답게 천천히 나아간
다. 다운증후군은 늦더라도 결국 다 해내고 만다고
여러 책과 전문가를 통해 읽고 들었다. 조바심 내지

않으려 한다. 그러나 조바심이 난다. 아이는 사실 대감이 아닌 어린이이고, 나는 대감집 객식구가 아닌, 어린이의 부모이기 때문에.

*

내가 지금 내 아이의 나이일 때, 동네에 특수학교 등하교 버스가 지나다녔다. 그 버스의 창에 붙은 내 또래의 아이들을 보고 무슨 생각을 했던가. 저 버스에 타고 있지 않아 다행이라 생각했었나. 저 버스에 타 있는 아이들의 불행을 궁금해했었던가. 이웃집에 그 버스를 타는 아이가 있었다. 사글세에 살던 그 집의 아이는 지금 생각하면 발달장애가 있었던 듯하다. 동네 아이들은 그 아이와 마주치면 스스럼없이 놀렸다. 나도 거기에 끼어 있었나? 모르겠다. 기억나지 않는다. 다만 기억나는 것은 그 아이의 엄마가 지은 표정이다. 화가 나는 것과 슬픔이 차오르는 것 중간에 있는 표정이었다. 나는 아직 그런 표정을 지은 적은 없다. 그런 표정을 준비하고는 있었지만, 아직 쓸 일이 없어 다행이라고 해야 하나 모르겠다. 그 아이를 태운 버스가 매일 아침 우리가 학교 가는 길

서효인

의 모퉁이에서 출발했다. 어떤 녀석들은 손을 흔들었다. 천진하고 여린 마음으로 흔들었던 손은 아니었다. 버스 안의 표정은 반대로 그러했다. 이제는 내 아이의 눈을 보며 그 버스를 생각한다. 그때 그 아이의 아비가 된 것만 같다.

*

아이의 입학식에서야 특수학교라는 곳을 처음 가봤다. 특수학교는 유치원에서부터 고등학교까지 같은 공간에 있다. 복도와 교실의 창문과 운동장에서 그때 그 아이를 마주쳤다. 약간 뭉개지는 발음으로 인사를 건네는 발달장애 중학생이 있었다. 계단을 뛰어다니는 초등학교 후배들을 엄하게 단속하는 다운증후군 고등학생이 있었다. 그들이 거기에 있었다. 그리고 그 속에 내 아이가 있을 터였다. 가방을 메고 신발주머니를 들고 교과서를 펼치기에 우리 아이는 너무 작아 보였다. 너무 느려 보였다. 너무 미숙해 보였다. 하지만 내 아이는 그것들을 해내는 중이었고, 다만 그 아이의 부모인 내가 너무 작고 너무 굼뜨고 너무 미숙했을 뿐이었다. 그때 그 아이의 엄마에게 사과하고 싶다. 불가능한 일이다. 시간을 되돌린다는 것은. 그 사실을 확인시켜주는 것처럼 아이는 학교에 점점 더 적응해나갔다. 사글세 그 아이와 그 아이의 엄마도 점점 잊어갔다. 세상에 마모되듯, 세상의 일원이 되듯.

*

여느 어린이처럼 등교를 준비하는 아침은 늘 비상이다. 둘째는 몇 번이고 반복해 말해야 일어나 세수하고 아침을 먹는 둥 마는 둥, 준비하지만 첫째 아이는 듣지 못한 것인지 못 들은 척하는 것인지 알 수 없이 묵묵부답하거나 딴청이다. 둘째는 이 옷만을 입겠다, 이 옷만큼은 싫다 아침부터 유난인데 첫째는 또 옷 입는 데에 저만의 방식으로 종종 협조를 거부해 일을 더 꼬이게 만든다. 그래도 느릿느릿한 발전은 있어서 유치원 다닐 적에는 옷을 갈아입힐 때마다 몸을 완전히 기대 진을 쏙 빼놓더니 1학년 때에는 두 팔은 알아서 셔츠에 집어넣었고 2학년 되더니 신발을 스스로 신고 3학년이 되어서는 바지도 혼자 입어본다. 물론 신발 뒤축은 구겨져 있고 바지는

　서효인

거꾸로일 때가 많지만, 4학년이 되면 또 다르겠지, 5학년이 되면 그보다 더 다를 것이고. 세상 어린이가 그렇듯 아이는 크고 있다. 나름의 속도로. 그 옆에 패셔니스타 둘째가 쫑알쫑알 오늘의 룩을 완성하며 성장의 동료가 되고 있음은 물론이다.

*

아이와 같은 반 아이들은 이제 제 이름을 읽고 쓰며, 짧은 문장을 만들고, 숫자를 익히고, 색깔 단어를 외는 데 힘쓰고 있다. 다른 대감님도 각자의 사정에 따른 노력에 심혈을 기울이고 있을 것이다. 아이의 같은 반 친구는 여덟 명인데, 아이와 같은 다운증후군 친구가 둘 더 있고 자폐 스펙트럼이 몇 된다고 한다. 지체 장애가 함께 있는 친구들은 휠체어에 앉아 수업을 듣는다. 얼마 전 화상으로 진행한 공개 수업을 보니, 아이는 다행히 책상에 차분히 앉아 잘 버티는 편이었다. 졸리면 엎드리는데, 오동통한 볼살을 베개 삼아 제법 편안해 보이기까지 했다. 그래 피곤하면 잘 수도 있지, 생각했지만 저렇게까지나, 싶을 정도로 차분하게 잘 자는 것이었다. 아이구, 선생님 말씀을 하나라도 들어야지 끌끌, 혀를 찼었나? 잘 모르겠다. 다른 아이들은 자리에서 곧잘 이탈했다. 그리고 다시 돌아왔다. 선생님은 베테랑답게 당황하지 않고 상황을 통제하거나 배려했다. 다들 각자의 자리를 각자의 방식으로 지키는 것이다. 우리가 다녔던 여느 학교처럼. 특수하지만 특수하지만은 않은 방식으로.

*

친구 중에 소희라는 아이가 있다. 아이와 같은 다운증후군 친구라서 둘은 아마도 오랜 짝꿍이 될 것이지만, 아직 소희와 아이는 데면데면하다. 둘이 잘 지낼 것이란 생각은 어른들만의 착각은 아니었을까? 소희는 아이보다 말과 행동의 발달이 조금 더 빠른 듯하다. 신발도 뒤축이 좀 덜 구겨지게 신고, 외투도 혼자서 팔을 척척 넣어 잘 입는다. 엄마, 아빠를 부르는 발음도 더 정확한 듯하다. 비교하기 싫은데 비교를 해버렸다. 비교하기 싫었다는 생각도 어른들만의 착각은 아닐까? 싫었던 사람이 이렇게나 습관적으로 거듭 비교를 반복할 수는 없다. 그런

서효인

의미로 소희의 부모는 우리 아이에게서 어떤 장점을 더 발견했을지도 모를 일이다. 그런 대화를 나눠 본 적은 없다. 아이는 소희가 신발을 정리하면 뒤따라가 정리한다. 소희는 아이가 식판을 나르면 뒤이어 식판을 든다. 식사 예절은 우리 아이가 모범이라고 한다. 따뜻한 흰 쌀밥을 무척 좋아하는 아이라 그럴 테지만…… 우리는 이렇게 습관적으로 비교하고, 아이 둘은 그렇게 서로의 긴장감을 높여가면서 함께 자랄 것이다. 짝꿍이 될까? 소울메이트가 될까? 그저 같은 반 친구가 될까? 글쎄 그건 둘의 인생이니, 알 수 없는 일이다.

*

소희 말고 다른 친구도 물론 있다. 그도 아직 짝꿍은 아니다. 이름은 백현. 백현이는 행동 자체가 느리디느린 친구다. 자폐 스펙트럼인데, 그 양상이 매우 느림으로 나타난다고 한다. 숲속에서 한껏 여유를 부리는 나무늘보처럼 귀엽고 우직하다. 아이들이 우다다 계단을 올라갔다가 다시 와다다 계단을 내려오는 동안 백현이는 세 칸 정도 움직인다. 이름을 부르

면 믿을 수 없는 속도로 고개를 돌려 대답한다. 대답
하지 않을 때도 있다. 세상의 속도에 백현은 스스로
가 내키는 대로 반응하고 느끼는 것 같다. 문제는 우
리 아이다. 집에서 둘째에게 일찌거니 언니 역할을
빼앗겨버린 아이는 백현에게 제멋대로 누나 노릇을
한다는 소식이다. 등교하면 빨리 외투를 벗으라고
옆에서 채근하고, 급식 시간이면 저 혼자 다 먹고 백
현이 옆에 서서 녀석이 천천히 수저를 뜨는 걸 지켜
보거나, 학교가 파하면 어서 신발을 신으라고 말도
제대로 못 하면서 신발을 툭툭 치며 몸으로 메시지
를 보낸다는 것이다. 백현이는 아이가 그러든지 말
든지 제 속도대로 지내고 있다니 다행이다. 거기에
우리 아이에게 숨겨진 잔소리꾼으로서의 재능이 있
었다니 그건 그대로 놀랍고 또한 다행 아닐 수 없다.
아이에게 너나 잘하라고 말할 수 있으니까. 얘야, 태
산 같은 친구는 그냥 가만 놔두면 어떨까! 걔는 걔의
속도가 있으니, 너에게도 너만의 속도가 있듯이.

*

내가 어린이였을 때 동네에 내 또래 다운증후군

서효인

여자아이가 있었다. 학교 끝나고 문방구에 들러 뽑기 놀이를 하고 있으면 옆에서 그걸 구경했다. 손에는 아이스크림이 들려 있었는데 그게 반쯤은 녹아서 그 애의 손 아래로 질질 흘렀다. 그게 그렇게나 싫어서 그 애만 보면 질색하고 자리를 떴다. 그때는 다운증후군이 뭔지 몰라서 그냥 나쁜 말로 불렀다. 나쁜 말을 하지 말걸 그랬다. 그랬으면 안 됐었는데 어린이는 때로 어린이라서 나쁘고 보통은 어른이 더 나빠서 따라 하듯 나빠진다. 지금 생각하니 그 애의 눈매와 콧등과 몸집과 걸음걸이가 다운증후군 특질과 대체로 맞는다. 동네에 장애 어린이와 둘이 이웃하고 살았던 것이다. 내 첫째 아이가 내게로 오기 전까지 생각하지 못했었다. 주변에 장애인이 없는가? 주변에 장애아가 없는가? 주변에 발달장애와 다운증후군과 자폐 스펙트럼과 뇌병변의 장애를 가진 이가 없는가? 왜 없을까? 우리는 이 없음에 대해서만 위장된 천진함을 가지고 살았던 듯하다. 아이는 특수학교에 다닌다. 운 좋게도 집 근처에 특수학교가 있었다. 이게 왜 운을 운운해야 할 일인지는 모르겠지만.

*

급식 시간에 백현이를 지켜보다 못한 아이가 백현이의 밥에 손을 댔다고 한다. 아이의 밥 욕심을 어떻게 해야 하지? 걱정이건만, 백현이는 오랜만에 웃었다고 한다. 얼마나 천천히 멋지게 웃었을지 궁금해서 한 번 더 해보라고 해야 하나……. 하는 장난기가 발동하는 걸 보니, 내 안의 어린이가 아직은 조그맣게 살아 있는 듯하다. 물론 그것보다는 내 안에서 나온 내 바깥의 어린이 둘이 우선이지만. 얘야, 동생 밥 친구들 밥 뺏어 먹으면 안 된다! 아이는 내 말이 무슨 말인지 아는 듯한데, 모르는 척 저 할 일에 골똘하다. 그렇게 어린이의 시간을 보내고 있다. 특수하지 않게, 특별하게.

서효인

망울망울 망울이

오은

#1

여름날에 한 어린이를 만난 적이 있다. 어린이는 하얀색 솜사탕을 든 채, 공원 입구에 서 있었다.

#2

아이가 처음 벽에 기댔을 때, 엄마와 아이는 동시에 놀랐다. 아이가 걸음마를 뗀 지 얼마 되지 않았을 때였다. 엄마가 놀란 이유는 벽이 더러웠기 때문이다. 벽을 뒤덮은 흙먼지와 벽에 드리운 거미줄이 엄마를 소스라치게 했다. 아이는 외출 전에 막 새 옷을 입은 참이었다. 아이의 말로는 때때, 혹은 꼬까로 불리는 그것. 아이가 놀란 이유는 벽이 너무 차가웠기 때문이다. 등을 파고드는 서늘한 감각은 난생처음이었다. '난생'이란 말을 쓰기에는 다소 부끄러울 수 있었으나, 다행히도 아직은 부끄러움이라는 감정이 분명해지기 전이었다.

#3

어린이에게 물었다. "분홍색 솜사탕, 하늘색 솜사탕, 노란색 솜사탕도 있는데 왜 하얀색 솜사탕을 골랐어요?" 나는 내심 이런 대답을 기대했을 것이다. "그런 색깔의 솜사탕도 있어요? 그건 딸기 맛이에요? 소다 맛이에요? 바나나 맛이에요?" 어린이는 솜사탕에 묻혀 있던 입을 드러내며 시원하게 대답했다.

"이게 제일 구름 같아요."

#4

아이는 자신의 이름을 부르면 반응했다. 사람들의 입에서 튀어나오는 특정 낱말이 자신을 지칭한다

오은

는 것을 깨달았던 것이다. 그게 무슨 뜻을 품고 있는
지는 알지 못했다. 아이가 아는 것은 아직 엄마와 아
빠, 맘마뿐이었다. 그다음에 배운 말은 "이게 뭐야?"
였다. 아이는 비로소 자신의 주변에 있는 존재가 궁
금했던 것이다. 아이는 "이게 뭐야?"와 "저게 뭐야?"
를 입에 달고 살았다. 세상에 존재하는 것들은 다 이
름이 있었다. 사방에 이름을 모르는 것투성이였다.
이것과 저것을 구분할 때는 팔을 뻗어 그것에 닿을
수 있는가가 관건이었다. 이것보다는 저것이 많은
시절이었다. 동시에 이것에 더 오랫동안 달라붙어
있고 싶은 시절이기도 했다. 아이가 가리킨 이것은
대부분 작고 따뜻하고 포근하고 다정했다. 그것들이
아이 곁에서 아이를 자라게 해주었다.

#5
어린이는 공원에 있는 꽃들을 유심히 살폈다. 마
치 꽃밭 어딘가에 자신이 심어둔 꽃이라도 있는 것
처럼. 한눈팔지 않는 순간이 길어져 한눈에 반하는
시간이 되고 있었다. 어린이가 꽃에 탐닉하는 사이,
솜사탕은 녹고 있었다. "솜사탕이 녹고 있어요!" 어

린이에게 다급하게 소리쳤다. 축 늘어진 솜사탕을 흔들며 어린이가 나부끼듯 말했다.

"어떤 구름에서는 비가 내리잖아요."

#6
아이는 기척을 느꼈다. 여기 어딘가 누군가가 있다는 느낌. 고개를 돌려도 보이지 않았다. 어떤 소리가 들리는데, 어떤 냄새가 나는 게 분명한데. 아이는 처음으로 걱정이란 것을 해보았다. 평소와는 뭔가가 다르다는 것을 온몸으로 감지한 것이다. 아이는 무서웠다. '혼자'라는 말을 처음 배웠을 때, 아이가 반사적으로 떠올린 것도 바로 이때였다. 혼자 있으면 무서워, 혼자 말하면 외로워, 혼자 놀면 따분해…… 혼자여서, 혼자라고 느껴서 아이는 서럽게 울었다. 기적이 눈앞의 장면이 될 때까지 울음은 그치지 않았다.

#7
공원에서의 시간은 천천히 흘렀다. 나비의 날갯짓이 제아무리 재촉해도 소용없었다. 어린이는 한 꽃밭

오은

에서만 줄곧 머물렀다. 커다란 공원의 입구에 마련된 한 뙈기 작은 꽃밭에서 말이다. 빨갛고 파랗고 노란 것들, 울긋불긋한 것들, 피기 직전이거나 피어나는 중이거나 활짝 다 핀 것들. 보고만 있어도 알록달록한 무늬가 피부에 새겨질 듯 그것들은 눈부셨다.

해가 뉘엿뉘엿 지기 시작했다. "슬슬 어두워지는 것 같아요. 다른 꽃밭은 안 둘러볼 거예요?" 하는 사람은 정작 태연한데, 그것을 뒤에서 지켜보는 사람이 괜스레 조바심이 났다. 어린이는 세상에 무슨 그런 질문을 던지느냐는 듯, 눈을 똥그랗게 뜨고 대답했다.

"또 오면 되죠!"

#8

아이가 혼자 놀고 있을 때였다. 그때 낯선 아이가 불쑥 집으로 찾아왔다. 엄마가 아이의 양 볼을 감싸며 과장하듯 말했다. "친구가 왔네?" 아이는 낯선 아이를 그날 처음 보았다. "가깝게 오래 사귄 사람"이라는 사전적 정의를 굳이 들먹이지 않더라도, 처음

본 아이를 친구라고 할 수는 없었다. 정작 물음표를 그려야 할 사람은 아이였으나, 아이는 투명한 나머지 낯선 아이의 이름이 '친구'인 줄로만 알았다. "친구야, 나는 망울이야. 꽃망울 할 때 그 망울." 아이는 자기소개를 하려고 그동안 얼마나 속말로, 육성으로 연습했는지 모른다. 그것을 드디어 선보인 것이다. 아이의 심장이 빠르게 뛰었다.

며칠 후, 또 다른 낯선 아이가 집을 찾았다. 엄마는 예의 그 과장된 목소리로 아이에게 말했다. "친구가 또 생겼네?" 아이는 혼란스러웠다. 지난번에 왔던 친구와 오늘 찾아온 친구는 생김새가 달랐다. "얘도 친구예요?" 엄마는 카랑카랑한 목소리로 단호하게 말했다. "친구는 많을수록 좋은 거야!" 아이는 며칠 전보다 지금이 더 좋은지 확신할 수 없었다. 꽃망울 할 때 그 망울은 왠지 어제보다 더 오므라진 것 같았다.

#9
어린이를 지켜보는 일은 몸을 쓰는 일이었다. 궁금해서 몸을 앞으로 기울이다 마음이 흘러넘치고 마는 일이었다. 시간은 천천히, 그러나 분명히 흘렀다. 또다시 어른의 마음이, 노파심이 일었다. 어린이가 바깥에서 이렇게 오랫동안 혼자 있어도 되는 걸까. 갈 데가 없어서 공원을 찾은 것은 아닐까. 혹시나 춥지 않을까. 어린이의 보호자는 어디 있는 걸까. 그나저나 어린이의 이름을 물어도 될까. 그때 어린이가 손에 묻은 흙을 털며 자리에서 일어나 내 쪽으로 걸어오기 시작했다.

"안녕하세요, 아저씨. 아저씨 이름이 뭐예요? 궁금해요." "안녕! 내 이름은 흙이야. 네 손에 묻어 있는 그 흙이랑 이름이 똑같아." "흙이요? 정말 흙이에요?" "응. 진짜 흙이야." "어디에 가더라도 아저씨 친구들이 있겠네요. 엄마가 그러는데 땅 밑은 온통 흙이래요. 어떤 땅 밑에는 물도 있대요." 용기를 내 아이의 이름을 물었다. "저는 망울이에요. 꽃망울 할 때 그 망울이요." 아이가 꽃밭에 앉아 꽃에 손대지 않고 마냥 물끄러미 바라보기만 했던 이유를 알 것도 같았다.

망울이라니, 듣자마자 덩이와 봉오리와 눈동자가 떠오르는 이름이었다. 스스로를 보호하기 위해 필사

적으로 한데 엉기고, 피기 직전까지 망설이고, 빛이
든 수심이든 가득 채울 수 있는 공간, 망울. 흙 위를
비집고 솟아난 망울들을 뒤로하고 아이는 공원 밖으
로 유유히 걸어갔다. 안녕이라는 인사를 한 번밖에
하지 못했는데.

#10

한참 만에 첫 친구가 찾아온 날이다. 고작 일주일
이 흘렀지만, 아이는 못 본 시간이 오래된 것처럼 느
껴진다. 한 밤을 자면 아침이 찾아온다는 것이 마냥
신기한 나이다. "그동안 어떻게 지냈니?" 친구의 엄
마가 묻는다. "이모, 저는 오늘 아침에 빵 먹었어요.
달콤하고 부드러웠어요." 아이가 대답한다. 친구의
엄마를 가리켜 이모라고 부르는 법을 배우는 사이,
'그동안'의 빽빽한 이야기가 '오늘 아침'의 빵으로 모
인다. 그제도, 어제도, 자고 일어나면 자연스럽게 '저
번'이나 '옛날'이 되었다. 아이는 늘 현재를 산다.

#11

집에 돌아온 어린이는 손발을 씻자마자 방으로 달

려간다. 지금 당장 종이접기를 하고 싶다. 손발에는 아직 물기가 남아 있는데, 마음이 급해 책상 서랍을 열고 색종이를 꺼낸다. 학을 몇 마리 접고 나니 시시해진다. 문득 다른 새를 만나고 싶다. 비둘기나 플라밍고 같은 새 말이다. 공원에서 만나고 그림책에서 본 새를 내가 접을 수 있을까? 종이는 편평하고 빳빳한데, 이게 유연한 새가 될 수 있을까?

어린이는 시행착오를 반복한다. 평면에서 부리가 생겨나고 날개가 돋아난다. 학을 모방하다가 마침내 그것을 모반(謀反)한다. 자기가 알고 있던 규칙을 스스로 깨부순다. 비둘기의 가늘고 짧은 다리를 만드는 데는 성공하지만 모이주머니를 다는 데는 실패한다. 플라밍고의 긴 목과 긴 다리는 구현하지만 물갈퀴를 표현하는 데까지 나아가지는 못한다. 이전에 접었던 것을 따라 하다가 그것을 뒤집어버리는 어린이. 그러다 결국 일을 그르치고 마는 어린이. 체념하듯 울상을 짓는 어린이.

어떤 것을 망치고도 어린이가 웃고 있다면, 그는 이미 실패를 짐작하고 있었던 것이다. 어린이에게는 안 될 줄 알면서도 하는 마음이, 안 될 것 같은데도 다시 하는 마음이 있다. 하고 싶다는 마음으로 어린이는 자란다.

#12

아이는 커서 이름이 있는 존재가 아닌, 이름이 있었던 존재를 더 많이 생각하게 된다. 그들의 이름은 왜 불리지 못했을까, 어떤 경로로 희미해졌을까, 무슨 이유로 이름을 지워야만 했을까. 누군가를 새로 만나면 상대의 이름부터 궁금했다. 그는 실제로 몇 개의 호칭을 가지고 있을까. 어떤 호칭으로 불릴 때 가장 기분이 좋을까. 아이는 그런 것이 궁금했다.

아이의 이름은 망울.

아이는 혼자 있어도 울지 않게 되었다. 곧 작고 따뜻하고 포근하고 다정한 존재가 찾아올 테니까. 아이는 믿는 법을 배웠다. 스스로 터득했다. 망울망울 빛이 깃들고 아이는 이제 마음껏 자랄 수 있다.

오은

작은 인간들*

이근화

약국집 딸

열 살에 만난 나의 친구는 초등학교 졸업을 못 하고 열두 살에 죽었다. 작고 조용한 아이였다. 약국집 딸이었다. 공부를 잘하고 똑똑하였다. 어느 모로 보나 나와는 좀 다른 아이였다. 친구는 글쓰기를 좋아해서 덩달아 나까지 글짓기반에 끌려갔다. 운동장에 나가 놀기 위해 내가 대충 종이만 채웠다면 친구는 매번 빛나는 글을 썼다. 셈나지도 밉지도 않았다. 나로 말할 것 같으면 친구의 몸과 마음을 지지해주는 든든한 친구로서⋯. 친구의 죽음까지 씩씩하게 지

★ 기억 속의 나의 친구들은 나의 착각이자 오해에 가깝습니다.
 멀리 있는 그들을 나의 사랑 위에 가만히 놓아봅니다.

166

켜보았는데 그건 어리고 아무것도 몰라서였던 것 같다. 저녁을 먹고 텔레비전 드라마를 보고 있었는데 전화가 왔다. 엄마가 받았고 내게 병원에 가봐야겠다고 했다. 띠리릭 띠리릭 다이얼을 돌리는 검고 큰 전화기가 아직도 기억 속에 남아 있다. 주섬주섬 점퍼를 챙겨 입고 시내 큰 병원에 갔는데, 병실이 아니라 영안실이었다. 약국 아줌마와 아저씨와 어린 남동생이 물끄러미 나를 바라보았겠지만 나는 어떻게 조문을 해야 하는지 몰랐을 것이다. 영정 사진 속의 친구를 바라보다 집으로 돌아왔을 것인데 그 밤은 별 기억이 없다. 울었던가, 아니던가. 얼마 후에 전해 들은 것은 친구 방 서랍에서 나왔다던 동전 묶음 이야기였다. 용돈으로 받은 동전들을 열 개씩 묶어서 테이핑을 꼼꼼하게 해두었다는 이야기. 끈적끈적한 테이프를 푸는 그 애 엄마의 슬픈 손가락을 종종 상상했던 것 같다. 실제로 본 적 없는 동전 꾸러미들이 평생 머릿속에 묵직하게 굴러다녔다. 오래된 사진첩 속의 친구와 나는 스카우트 캠핑에서 간식으로 나온 빵 봉지를 들고 있는데, 친구는 눈이 감긴 채 찍혀 있다. 다행이다. 그 눈동자를 볼 수 없어서. 그 눈

이근화

빛이 마음속에만 고요히 묻혀 있어서. 나는 이제 늙어 가는데 친구는 아직도 130센티미터의 작달막한 어린아이다. 마치 내가 언니처럼 느껴진다. 엄마처럼 느껴진다. 세경아, 나는 아직도 글을 쓴단다. 종종 헷갈려. 내가 쓰는 글들이 내가 쓰는 게 맞는지 말이야. 나가 놀 운동장은 더 이상 없고.

가뭄에 콩 나듯

열한 살은 열 살과는 좀 다르다. 십대에 들어섰다고 해야 할까. 틴에이저들에게는 예쁘고 고약한 데가 생기기 시작한다. 친구와 경쟁하고 남몰래 좋아하는 친구가 생기기도 한다. 어느 순간 물러 터져 아무 일도 아닌 것에 목을 매고 그러다 울음보를 터뜨려 하염없이 눈물을 흘리기도 하는 것. 열한 살의 내 친구는 가난한 집 둘째 딸이었다. 위로 언니, 아래로 여동생이 있었는데 하나같이 달랐다. 나의 친구는 단연 돋보였다. 예쁘고 영리하고 새침했다. 한동안 친하게 지냈다. 내가 갖고 있지 않은 면에 끌렸을 것이다. 나는 좀 납작하고 순하고 둔한 편이었다. 두

오빠 밑에 자란 막내딸이라 응석이 많았고 어리광도 심했다. 친구는 나를 얕잡아 보면서도 늘 부러워했다. 너는 좋겠다, 라는 차가운 눈빛이 작은 눈 뒤에 항상 숨어 있었다. 영영 그걸 말하지는 않았다. 뭐 하나 제대로 욕심 있게 해내지 못하는 나라는 존재를 옆에 두고 친구는 종종 짜증이 났겠지. 가만히 있어도 넉넉하고 여유로운 내가 재수 없었겠지. 그랬던 것 같다. 글짓기반에서 활동하는 내내 친구는 너무 열심히 썼다. 저렇게 하다간 종이에 구멍이 나지 않을까, 연필이 부러지지 않을까 걱정이 될 정도로. 그래서 상도 많이 받고, 칭찬도 많이 받았는데 글쎄 모르겠다. 그게 성에 차지 않았을까. 가뭄에 콩 나듯 가끔 내가 주목받았을 때 이글이글 타오르는 친구의 눈빛을 알 것도 같고 모를 것도 같았다. 무엇보다 그런 친구를 신경 쓰지 않아서 친구는 더 마음이 상해버렸을 것이다. 어느 순간부터는 말을 하지 않고 서서히 멀어져갔다. 서로 인사도 하지 않는 친구가 되어버렸다. 내가 무엇을 사과해야 하는지 뚜렷이 알지 못했지만 미안한 마음을 지울 수 없었다. 동네 어른들은 대체로 가난해서 아이들에게 신경 쓸 여력이

이근화

없었다. 어떤 집들은 점점 더 형편이 어려워졌고 그런 사정들은 그것 그대로 아이들에게 옮아왔다. 친구는 여상에 가서 일찍 취직했다는 얘기를 들었다. 아까운 애였지만 아는 체할 수 없었다. 우리 앞의 삶이 엄청난 행운도 아니지만 누군가에게는 쉽게 기회조차 주어지지 않는다는 사실을 그 친구를 통해 알았던 것 같다. 우리 집은 비교적 형편이 나았지만 그것마저도 여러 차례 아버지가 한강대교 한가운데 서서 몇 번의 실패와 좌절을 맞닥뜨린 후의 일이었다. 낡은 다세대 주택 지하에서 신축 아파트로 옮겨가기까지 고스란히 그 가난의 흔적들이 마음속 깊숙이 남아 있어 계속 파먹어도 기억은 마르지가 않는다.

너의 깊은 눈매에 빠져

중학교에 진학한 후로는 주로 동네 친구들과 등하 굣길을 함께 했다. 서너 정거장 떨어진 학교를 함께 다니며 분식점도 들르고 서점이나 문방구도 들렀다. 학교 정문 앞 '하얀집' 빨간 떡볶이와 삶은 달걀을 참 많이도 먹었다. 언제나 인상을 쓰고 앉아 있는 떡볶이집 아줌마는 인정이 없었다. 정해진 대로 변함

없이 떡볶이를 딱 그만큼씩만 퍼주었다. 멜라민 그릇에 담겨 나온 적은 음식을 깨끗이 해치우고도 죽치고 앉아 있으면 막 눈치를 주며 쫓아냈다. 그래서 우리는 기꺼이 '브라질'로 갔다. 짜장 떡볶이라는 새로운 영역의 개척자 언니들이 장사를 시작했다. 학교 후문 쪽 브라질은 미어터졌다. 다갈색의 고소한 냄새를 풍기는 굵은 떡볶이 위에 바삭한 야끼만두를 얹어주었다. 가격이 더 비쌌지만 정말 훌륭했다. 모락모락 감동적인 맛이었다. 용돈을 모아 한 달에 두 번씩은 꼭 갔다. 외유라 해야 할까. 중학교 여학생들에게는 그렇게 조금 다른 것이 있어야 했다. 그럴 필요가 있었다. 그래서 그 애가 좋았다. 완전 브룩 쉴즈 같았다. 매력적인 눈매와 짙은 눈썹을 가진 친구였다. 갈색 웨이브 머릿결을 자주 훔쳐보았다. 미인의 조건으로서 약간 허스키한 음성까지. 성격이 잘 맞아서가 아니라 이국적 외모에 더 끌렸던 것이리라. 겨울밤 뜨뜻한 방바닥에 누워 의미도 없는 고백들을 참 많이도 주워섬겼다. 그러니까 누굴 좋아한다거나 누구는 이상하다거나. 누굴 절대 못 잊겠다는 둥. 우스운 고백들을 부끄러운 줄도 모르고 오랜

이근화

시간 반복하였다. 그맘때쯤 생기는 몸의 변화와 성적 호기심 같은 것도 서로 털어놓았다. 그런 거야? 그런 거지? 그런 것 같지 않아? 하면서 지혜를 모았다. 마음이 떨리고 얼굴이 발개져서는 그런 얘기들을 했다. 그래서일 것이다. 우리는 그런 시기를 지나 어색해졌다. 마음속 꽁꽁 숨긴 말들까지 다 드러내 놓고는 어쩔 줄 몰라 했다. 학년이 바뀌며 다른 반에 배정받았고 어쩐지 마음이 놓였다. 우연히 골목길이나 버스에서 만날라치면 돌아가고 비껴가는 방식으로 외면하였다. 그 애가 아름다워서 정말 좋았는데 이상한 불안함도 지울 수 없어 언제나 마음이 두근거렸다. 그래서 아직도 절대 만나고 싶지는 않다. 좁고 구불거리는 골목길을 지날 때면 그 애가 불쑥 떠오른다.

닮아가는 일

내 마음속의 나는 실제 거울 속의 나보다 언제나 조금씩 작다. 나는 그렇게 나를 작게 상상하면서 만족했다. 키와 덩치가 커서 불편할 때가 많았다. 특히 연애할 때 그랬다. 내가 좋아했던 남자들은 대개 다

아담했다. 그런데 이상하게도 친구들도 다 컸다. 큰 가 보다 했다. 나의 키 큰 친구는 작고 아담한 남자와 결혼해서 잘 산다. 키 차이 때문에 잘 사는 것은 아니지만. 그 연애를 도와주기 위해 자주 들러리를 섰다. 동아리 MT, 학과 답사라 부모님을 속이고 커플 여행을 자주 갔다. 친구의 남친(남편)은 그럴 때마다 친구들을 한 명씩 데려왔다. 친구는 미안해하며 너도 잘해봐. 그랬지만 그렇게 되지는 않았다. 밥 먹고, 술 먹고, 게임하고 혼숙을 했으나 뭐 별일 없었다. 친구한테 뭐가 그리 좋으냐, 물어봤더니 다정하고 섬세해서 좋단다. 아빠들 같지 않고. 아빠들은 대개 크고, 무능하고, 과격했다. 키 이야기가 아니라 나는 그 친구를 무척 좋아했는데, 지금은 잘 만날 수가 없게 되었다. 친구가 대학 졸업 직후 결혼을 하고, 결혼 직후 아이를 낳아 키우면서 자연스럽게 멀어졌다. 대학을 졸업하고, 한참을 더 놀다가 10여 년 후에나 결혼을 하고, 결혼하고도 한참 후에나 아이를 낳게 된 나와 시기가 맞지 않았다. 친구가 어린아이를 돌보느라 밤을 설칠 때 나는 늦도록 밖에서 술을 마시며 휘청거렸다. 엄마가 된 친구 집의 따뜻하고 어수선한 분위기 속에서 나는 어쩔 줄 몰라 했다. 나는 나만 알았고, 친구는 남편과 아이를 챙겨야 했다. 거꾸로 친구가 학부모가 되어 한숨 돌릴 때 그제야 나는 뒤늦게 아이들을 키우느라 정신이 없었다. 언제나 조금씩 부족한 나를 채워주었던 친구였는데 친구의 빈자리가 컸다. 어떻게 살아내야 하는지 친구를 통해 조금씩 배워갔는데 그 단절이란 가혹했다. 큰 몸을 그것 그대로 자연스럽게 받아들이는 것도 그 친구에게 배웠다. 마음 놓고 닮아가고 싶은 친구를 더 이상 만날 수 없다는 것은 나의 일부가 지워진 느낌이다. 뭘 어떻게 해야 하는지 모를 때 나는 나를 이제는 없는 친구 옆에 세워두고는 한다. 고집 센 나를 말랑하게 해주었던 친구와의 우정을 기억하고 싶은 것이라 해야 할지도 모르겠다. 누군가 그렇게 노크하고, 스르르 문이 열린다는 것은 참으로 신기하고, 드문 축복인 것 같다.

안녕, 안녕, 안녕

먼 친구들의 이름을 불러보는 저녁이 있다. 들릴까. 누군가 멀리서 나의 이름을 그렇게 부를까. 어두운 귀는 나의 지난 이름을 듣기 위해 퍽 애쓴다. 나의 두 귀가 그들이 부르는 이름의 주인인지 아닌지 몰라 나는 계속 어리둥절할 것이다. 종종 그 어리둥절함 속에서 나는 자주 걸려 넘어졌다. 너의 마음도 나의 마음도 알 수가 없어서 저녁의 창가에 우두커니 서 있고는 한다. 눈이 펑펑 쏟아지는 골목길을 마음속으로 떠올려본다. 우리는 참 많이 만났다. 나의 작은 인간들. 헤어질 수가 없어서 꼬깃꼬깃 접었다 폈다 하며 지칠 때까지 그려본다. 나의 작은 인간들은 웃고, 울고, 노래하고 지칠 줄 모른다. 멈추지 않는다. 어느 하루 무표정하게 벽을 바라본다. 시간을 가늠하고 어딘가로 서둘러 간다. 그곳은 내가 알 수 있을 것도 같고, 영영 모를 것도 같다.

이근화

예쁜 아이

조혜은

어른이 너무 싫어서 빨리 어른이 되고 싶었다. 우리 집은 딸만 셋이었는데 나는 부모님조차 꼼짝 못하는 막강 파워의 장녀와 눈에 넣어도 아프지 않을 어여쁜 막내딸 사이에 끼어 있던 평범한 둘째였다. 빼빼 말라 두 다리가 흡사 나무젓가락 같았던 언니 옆에 서면 나는 종종 언니보다 덩치가 좋아 언니로 오해를 받았고, 뽀얀 피부에 수려한 외모를 지닌 동생과 다니다 보면 종종 그 아이와는 상관없는 사람으로 여겨졌다. 주말에 아빠 술안주를 찾으러 치킨집에 가면 동네 치킨집 아줌마는 나보다 나중에 도착한 동생의 미모를 칭찬하느라 넋을 놓고 있다가 치킨을 달라는 나의 말에 정신을 퍼뜩 차리고는 "넌 누구니?"하고 묻는 것이었다. "얘 언니인데요." 그때 치킨집 아줌마의 표정을 잊을 수가 없다. 믿기 어렵다는 얼굴로 대놓고 우리 둘의 겉모습을 비교하고 있었다. 어른들은 너무 아무렇지 않게 나와 같은 아이에게 상처를 줬다.

내가 괜찮다는데도 아빠는 어른이 되면 꼭 코를 높이는 수술을 받아야 한다고 거듭 강조했다. 술만 마시면 남자건 여자건 상관없고, 내 딸들은 모두 'A급'이라며 자식에게 꼭 급을 매김으로써 아들이 없는 열등감을 숨겨야만 했던 아빠에게 언니는 공부를 잘해 '박사님'으로 불리며 위안을 주었고 동생은 동네 사진관에 사진이 번듯이 걸려 있는 '공주님'으로 만족을 주었다. 나는 그냥 그 사이에서 착하게 생겼다는 말을 자주 들었으므로 착한 딸이 되기로 결심했다. 착하면 착하고 생기면 생긴 거지 착하게 생긴 건 또 뭐람. 어른들은 너무 아무렇지 않게 나와 같은 아이를 대강대강 넘겨짚었다. 물론 나는 누가 뭐라고 하던 언니처럼 어른보다 많이 알아서 어른답지

177

못한 어른들을 깔보고 끊임없이 대들어야만 하거나, 동생처럼 가만히 있어도 사랑스럽고 빛나는 자태를 가졌기에 귀찮은 어른들의 시선을 상대해야만 하는 운명을 벗어나 묵묵히 '착하게 생긴' 내 길을 걷는 편이 좋았다.

아프면 꾹 참았다. 나의 편의를 위해 불편을 개선하려 요구하는 일은 잘 없었다. 시키면 시키는 대로 했고 시키지 않아도 알아서 물러났다. 우리를 낳고 인생이 망했다며 자식을 돌보기보다는 자식에게 원망을 쏟아내는 아빠를 할머니의 시선으로 가엾게 여겼고, 엄마도 아빠도 닮지 않은 나를 두고 할머니가, 너는 넙데데한 것이 나를 닮았다고 하면 묻지도 따지지도 않고 웃으며 수긍했다. 나의 의견을 내세우지 않고 생각과 기분을 속이며 분쟁을 피하려 피나는 인내를 거듭한 결과, 나는 '아무 문제도 일으키지 않는 딸'로 거듭났고 초등학교 시절 세 딸 가운데 가장 먼저 친구 집에서 자고 오는 것을 허락받을 수 있었다. 자유였다! 언니가 비아냥대며 전해준 말에 따르면 엄마와 아빠가 헤어질 요량으로 싸우던 어떤 날에는 데려가고 싶은 딸로 양쪽 모두에게 내 이름이 불리기도 했다고 한다. 보잘것없는 둘째의 위치에서 선택의 여지 없이 선택된 내 삶의 태도는, '당신을 절대 귀찮게 하지 않을 아이'라는 믿음을 주는 것으로 부모님에게 그 필요를 증명했나 보다.

딱 한 번 부모님의 가게 계산대에서 700원을 꺼내다 들킨 적이 있었다. 초등학교 2학년 때였다. 꼭 사서 읽고 싶은 책이 있었는데, 명절에 받아서 동전 주머니에 넣어둔 용돈 가운데 700원을 잃어버린 것이었다. 우리 자매들의 하루 용돈이 200원이었고, 50원이면 불량 식품도 사 먹을 수 있던 시절이었다. 책을 너무 사고 싶었던 나머지 집에서 잃어버린 것이므로 부모님의 수입에서 그 돈을 회수해도 된다는 생각을 스스로 납득시키려 노력하며 조심조심 동전을 꺼내고 있었는데, 예나 지금이나 행동이 어설퍼 제대로 된 길을 걷지 않으면 꼭 들키고야 마는 나는 동전을 다 빼기도 전에 딱 걸리고 말았다. 그게 끝이었다. 자주 있는 일이 아니기도 했지만 나에 대한 고정관념 때문인지 어른들은 내가 나쁜 행동을 해도 대개는 나쁜 의도가 없었을 거라 여기며 실수라고 생각해 그냥 넘어갔다. 동생을 때려도, 오죽하면

조혜은

둘째 언니가 너를 때렸겠냐며 동생을 탓했다. 나 역시 곧바로 반성하고 본래의 착한 딸로 돌아가는 것을 선택했다. 물론 그렇다고 해서 내가 사랑받았다는 것은 아니다. 아빠는 별다른 의견이 없고 동작이 굼뜬 나를 '물에 물 탄 듯 술에 술 탄 듯' 나사가 하나 빠진 애 같다고 못마땅하게 여겼다. 아빠의 그런 비난에도 불구하고 나는 그 후로 오랫동안 내 내면의 고통을 숨긴 채 그와 같이 흐리멍덩한 상태를 유지할 수밖에 없었는데, 필요를 떠나 그것이 나았기 때문이다. 어린 언니는 내가 착한 척을 한다며 자주 눈을 흘겼지만, 훌쩍 큰 뒤에는 그 시절 늘 밑에 동생을 감싸고 있던 어둠의 아우라를 보았다고 확신에 차서 말했다.

대신에 나는 썼다. 아직 젊었던 엄마와 이미 충분히 망가진 아빠가 고작 초등학생인 언니와 나에게 가게를 보라고 맡기고 자리를 비우면 가게 테이블 위에 공책을 놓고 썼다. 누가 나의 나쁜 시력을 가지고 놀리면, 나는 안경을 벗고 흐려진 세상을 바라보는 일이 얼마나 아름다운지에 대해 썼다. 엄마가 베갯잇을 사 왔던 날, 당연하다는 듯 언니가 내가 먼

저 고른 것을 빼앗아 갔을 때에도 썼다. 남겨진 베갯잇의 무늬가 마음에 들지 않아 다른 것으로 바꾸려고 혼자 이불 집까지 꽤 걸어가서는 망설였다. 그곳에 있는 수많은 베갯잇을 보았다. 내 손에 들린 베갯잇이 남겨진 베갯잇들에게 먼저 간다고 신나게 인사를 하는 모습이 떠올랐다. 다른 것으로 바꾸어 간다면 녀석은 괜찮을까? 나는 수도 없이 녀석을 떠올렸다. 내가 쓴 글이었는지 그날 밤 꿈이었는지 모르겠지만, 다시 수많은 베갯잇 사이로 돌아가 놀림을 당하는 녀석의 모습을 보았다. 넌 예쁘지 않다고. 그래서 아무도 너를 사랑하지 않는다고. 어떤 글은 내게 죄책감이었다. 성급한 어른들이 겉모습으로만 나를 판단한 채 내게 주었던 모멸을 베갯잇에게라도 반복하기 싫었지만, 결국 그렇게 되어버렸다는 쓰린 마음은 오래 남았다.

물론 마음이 없는 글도 있었다. 일기였다. 진심 어린 마음을 담아 일기를 쓰면 어른들은 그 아이를 철부지로 취급하며 비웃었다. 세 살 터울의 언니와 내가 나란히 초등학교에 다닐 때였다. 하굣길에 보드랍고 따뜻해 보이는 노란 털로 덮인 병아리들이 지

저분한 상자에 빼곡하게 담겨 있는 걸 보았다. 두 눈을 꼭 감고 있는 병아리들도 있었지만, 자신들의 똥을 밟고 서서도 무시할 수 없이 정확한 '삐악삐악' 소리를 내며 작고 호기심 가득한 눈을 들어 아이들을 바라보는 병아리들도 있었다. 체온이 느껴지는 노란 생명이 100원이었다. 언니와 나는 그날 병아리 두 마리를 집으로 데려왔다. 우리가 어떻게 그런 결심을 하게 되었는지 정확히 기억나지는 않지만, 지켜주고 싶었던 것 같다.

당시 우리는 가게 옥상에 불법으로 가건물을 짓고 살았다. 가게에 딸린 1층 방에서는 엄마와 아빠가 지냈고, 입김이 불리는 옥상의 파란 텐트에서는 할머니와 우리 세 자매가 함께 잠을 잤다. 겨울이면 너무 추워서 이불을 머리끝까지 뒤집어쓰고 잠을 청해야 했는데 병아리를 데려온 날은 유난히도 추웠다. 우리는 상자를 하나 구해 수업 시간에 만든 스킬 자수와 집에 남은 천 조각을 모조리 깔고 병아리를 넣은 뒤 춥지 않게 스킬 자수 하나를 덮어 집 안 층계참에 두었다. 토요일이었고, 아빠는 유독 오래 술을 마셨다. 우리는 주말을 싫어했는데, 학교에 가지 않으면 밤새 아빠의 주정을 들어야 했기 때문이다. 여섯 식구 앞에는 아빠의 술안주로 가져온 치킨 한 마리가 놓여 있었다. 치킨은 금방 동이 났고, 어린 동생은 밤이 되면 다른 어른들과 함께 자러 갈 수 있었지만 충분히 자란 언니와 나는 그럴 수 없었다. 몸을 배배 꼬고 졸린 눈을 끔뻑이며 허벅지를 꼬집어 봐도 지옥 같은 시간은 좀처럼 끝나지 않았다. 늘 있는 일이었지만 그날은 병아리 때문에 속이 바짝바짝 탔다. 우리는 번갈아 자리를 뜨며 병아리가 살아 있는지 확인했지만, 곧 그마저도 할 수 없게 되었다. 아빠는 우리가 잠시라도 자리를 뜨는 것을 허락하지 않았다. 드디어 아침이 오고 아빠가 술에 흠뻑 취해 잠든 순간, 우리가 확인할 수 있었던 것은 몇 시간 전까지만 해도 따뜻했던 병아리들의 싸늘한 죽음이었다. 언니와 나는 펑펑 울며 병아리들을 옥상 화단에 묻어 주었다. 언니가 다음날 일기에 우리의 슬픔을 적어 냈을 때, 담임선생님이 그걸 읽으며 웃더라는 이야기를 전해 들었다. 어른들이 미웠다. 같은 골목에 살던 ○○이네 아빠는 ○○이가 데려온 새끼 메추리가 시끄럽게 운다는 이유로 밤에 내놓아 얼어

조혜은

죽게 만들었다. 훗날 나는 학교 앞에서 팔리는 병아
리들이 대개 병약하여 어느 집에서건 길게 살지 못
한다는 것을 깨닫게 되었고 어른들을 더욱 나쁘게
생각하게 되었다.

그 후로 나는 일기를 쓸 때면 결코 마음을 들키지
않게 쓰거나 대놓고 썼다. 6학년 때였다. 담임선생님
이 붉은 매니큐어를 칠한 여자들이 천박해 보인다고
했을 때, 나는 그 말에 동의할 수 없었지만 감히 반
박할 수도 없어 잠자코 있었다. 당시 선생님은 우리
의 것을 가르친다며 반 아이들 모두에게 봉숭아물을
들이도록 했는데, 나는 그날 일기에 그럼 봉숭아물
들인 우리도 천박하냐고 따졌다. 일기를 보며 어이
없다는 듯 웃는 선생님을 보며 나는 만족했다. 선생
님은 나를 혼내지 않았고 나는 선생님이 그렇게까지
꽉 막힌 어른은 아니라고 생각했다.

하지만 대부분의 경우 어른의 결정에 항의할 수
없었다. 그 아이들은 누가 봐도 부모의 세심한 돌봄
을 받고 있는 아이들이 아니었다. 우리는 고작 초등
학교 2학년이었지만 우리가 수치심을 느끼지 않았
다고는 말할 수 없다. 담임선생님은 4분단으로 고르

게 놓여 있던 자리를 두 개의 분단으로 나눠 각각 교실 왼쪽과 오른쪽 가장자리로 보낸 뒤, 가운데 공간에 그 아이들을 벌세웠다. 남자아이 한 명과 여자아이 한 명이 나란히 교실 가운데 엎드려뻗쳐를 하고 있었고 그 주변으로 나머지 아이들의 책걸상이 감싸듯이 배치되어 있었다. 우리의 시선은 모두 그 아이들을 향했다. 선생이 커다란 나무 몽둥이로 이미 몇 차례 아이들을 때린 뒤였다. 아이들은 속옷만 걸치고 있었다. 선생이 몽둥이를 여자아이의 팬티 끝에 걸었다. 선생이 웃자 두 아이가 웃었고 보고 있던 나머지 아이들도 웃었다. 선생은 화단에 아이들의 옷을 던지려고 했다. 두 아이가 울고 있었고 울고 있던 깡마른 아이들이 다시 웃었다. 나는 웃지 않았다. 내가 웃지 않는다고 선생이 내 옷을 벗겨 나를 조롱할까 겁이 났지만, 그 상황이 웃기지 않았다. 웃고 있는 아이들 역시 겁에 질려 어쩔 수 없이 선생을 따라 웃지 않았을까. 고작 웃지 않는 것이 내가 할 수 있는 최대의 방어였다. 선생이 화단 밖으로 옷을 던지며 누구든 그 옷을 찾아주면 가만두지 않겠다고 거친 말로 협박했다. 나는 아니었지만 누군가는 그 옷

조혜은

을 찾아주었기에 두 아이는 옷을 입고 집으로 갔다.
다음에 선생은 우리 반이 시험에서 일등을 했다며
교장 선생님께서 사주신 맛있는 밥을 자랑스레 떠들
었다. 나는 선생을 증오했다. 그 아이들은 자주 숙제
를 해오지 않았고 선생이 무슨 짓을 해도 아무도 아
이들을 위해 찾아오지 않았다. 선생은 두 명의 아이
를 때렸지만, 우리 반 모든 아이들의 영혼에 상처를
입혔다. 우리는 두려움 때문에 친구를 돕지 못했다.
나의 글은 때때로 비겁하게 멈춰 있었다.

　가난한 동네였다. 그것만이 변명이 될 수 있었다.
아이를 함부로 대하고 학대하는 어른들이 당연했다.
다행히 우리의 난처한 현실 속에서도 꿈은 무럭무럭
자라났고, 언니와 나는 당장 공상에 가까운 이야기
일지라도 서로를 행복하게 만드는 이야기라면 믿었
다. 우리는 서로의 능력을 의심하지 않는 방식으로
그 골목에서 우리에게 당연하게 주어졌던 울퉁불퉁
한 삶과는 다른 삶을 살아낼 거라고 확신했다. 연약
하고 자주 아프던 언니가 대학 병원에 입원하게 된
날 나는 눈물을 터트리고 말았다. 자기 뜻대로만 하
려는 언니가 실패한 어른이 되면 좋겠다고 써서 언

니를 울게 만들었던 그 공책에 언니 대신 내가 아팠
으면 좋겠다고 썼다. 언니는 모르는 것이 없었다. 우
리는 학교에 다니는 것 말고는 할 수 있는 게 없었는
데도 언니는 내가 아는 누구보다 많이 알았다. 진심
으로, 다음 세상에는 내가 더 가난한 집에 태어날 테
니 언니를 더 부잣집에 보내 훌륭한 사람이 될 수 있
게 해달라고 기도했다.

　내가 4학년이 되고 언니가 중학교 1학년이 되던
해였다. 언니는 골수염으로 결국 한 해를 휴학했다.
악화되어 골수암이 되면 발목을 자를 수도 있다고
했다. 엄마랑 아빠를 대신해 할머니와 내가 번갈아
병원에 가서 언니를 간호했다. 학교가 끝나면 집에
서 숙제를 챙겨 버스에 탔다. 오후 5시 무렵이면 병
원에 도착해 언니랑 숙제를 하고 같이 병원 밥을 먹
고, 놀았다. 언니가 입원했을 때는 여름이었는데 물
풍선이 유행이었다. 나는 물풍선 몇 개를 챙겨 가서
언니와 조몰락거리며 놀았다. 커다란 엄마 물풍선의
가운데를 꼭 누르면 길이가 쭉 늘어나는 게 마치 목
이 늘어나는 것 같아서 "모옥"하고 외치며 깔깔대고
웃다가 물풍선이 터져 침대 시트를 흠뻑 적시기도

조혜은

했다. 우리는 혼날까 봐 시트 바꿔 달라는 말도 못
하고 젖은 부분을 대충 가려놓았다. 6인실에는 여러
이유로 아픈 사람들이 모여 있었는데, 나는 간호하
러 온 사람 중에 유일한 어린이여서 어른들에게 늘
이것저것 받아먹었다. 밤이 되면 보조 침대에서 잠
이 들었다가, 새벽 6시쯤 백화점에서 밤 청소를 마치
고 퇴근해 병원으로 오면 나는 버스를 타고 집으로
가 학교에 갔다.

하루는 평소와 같은 시간에 병원에 갔는데 무슨
연유에서인지 밤 동안 아이들의 출입이 금지되었다.
집으로 돌아가라며 내쫓는 경비 아저씨를 이길 방
도가 없었지만, 들여보내주지 않는다고 그냥 집으로
돌아갈 수도 없었던 나는 30분 남짓 기둥 뒤에 숨어
있다가 아저씨가 뒤를 돌 때 엘리베이터로 재빨리
숨어들었다. 병실로 올라간 나는 아이들의 출입을
막던데 어떻게 들어왔냐는 아줌마들의 물음에 첩보
영화의 주인공이라도 된 듯 신이 나서 대답을 했다.
아침에 내가 병원에서 나가는 것을 보지 못하는 언
니는, 내가 오면 지난밤 내가 자다가 보조 침대에서
떨어져 아줌마들이 나를 올려주었는데 정신없이 자

더라는 이야기나, 오전 시간 동안 인턴 선생님에게 일침을 놓은 이야기 등을 해주었다. 언니랑 함께 병원에 있을 때는 어디 놀러 온 것처럼 들떠 있다가도 학교가 끝날 때쯤 되면 나는 지쳐 있었다. 집이 안식처가 되지 못했던 탓에 나는 학교에 다닐 수 있어서 늘 다행이라고 생각했고 그런 학교를 더 잘 다니기 위해 꼭 좋아하는 아이를 하나 찍어두었다. 언니가 아팠을 때는 그 무렵 나의 남자 짝꿍이 그 상대였는데, 눈치라고는 없는 그 아이에게 병원 간호를 비밀처럼 털어놓으며 그 시간을 버텼다.

수없이 어려운 시간을 거쳐 어른이 되었을 때, 언니는 너무 힘들었던 어린 시절로는 돌아가고 싶지 않다고 말했다. 하지만 사랑하는 사람에 대한 이야기를 하려면 우리는 그 시절로 돌아가 늘 우리 곁에서 어린 우리를 지켜주었던 살아 있는 할머니를 떠올려야 했다. 지금의 내가 나의 아이를 이해하고 사랑하려면 어린 나의 삶도 필요하다. 아이에게는 어른이 필요하고 어른에게는 아이가 필요했다. 빨리 어른이 되어서 아이를 돌보고 싶다는 딸에게, 반농담처럼 어른이 되어서 아이를 낳고 돌보게 되면 엄마처럼 몸도 망가지고 매일 보는 친구들도 못 보게 될 수 있다고 말한 적이 있다. "그럼 우리 낳기 전에 엄마는 예뻤어?" 아이가 물었다. "엄마는 예전에는 예뻤는데 우리 낳고 지금처럼 더 예뻐진 거구나." 아이가 웃으며 말했다. 양손으로 나의 목을 꼭 껴안으며 아이가 말했다. "엄마 사랑해." 나 역시 우리 엄마가 세상에서 제일 예쁘고, 망가진 아빠를 진심으로 사랑하던 어린 시절이 있었다. 살아내는 일은 아이와 어른 모두에게 무거울 것인데, 그 속에서 아이들은 조건 없는 사랑을 준다. 내게 세상의 아이들은 모두 '예쁜 아이'다. "엄마는 커서 뭐 될 거야?" 요즘 아이는 나의 꿈이 궁금하다. 아이들의 부름에 응답하며, 조금은 좋은 어른으로 아이들의 삶을 존중하며 살고 싶은 게 요즘 나의 바람이다.

조혜은

이끼가 구름 같아, 엄마

하재연

스노볼

이사를 하고 난 후, 아이가 아끼던 크리스마스 스노볼의 풍경이 미세하게 달라져 있는 것을 발견했다. 태엽 속으로 스노볼 안의 유액이 흘러들어 녹이 슬어 있었고, 눈 쌓인 전나무는 어딘가 기우뚱하게 서 있었다. 흔들면 섬세하게 반짝이며 쏟아지는 눈을 맞고 있는 풍경은, 내가 있는 이곳과는 전혀 다른 장소 같았는데. 태엽을 감으면 흘러나오는 음악은 아이의 말간 볼만큼이나 맑고 아름다웠다. 위태하게 기울어져 불빛이 새어 나오는 집은 과거의 나처럼, 이제는 돌이킬 수 없이 손상되어 보였다. 그 투명한 원형을 깨지 않고서는 나무도, 집도, 풍경도, 바로잡을 수 없을 것 같았다.

노란 비옷을 입고 고무장화를 신고서 물웅덩이를 찰박이는 아이의 손을 잡고 엄마의 굽은 등이 멀어져가고 있다. 고층 아파트 실내 유리창에서 그들의 뒷모습을 보고 있는 나는, 심장에 얼음물을 끼얹는 것처럼 차고 선득한 아픔을 느낀다. 내 곁에 머무를 시간이 정말로 얼마 남지 않은 엄마의 뒷모습은, 믿을 수 없도록 작아 보인다. 엄마의 등은 곧 나에게서도 이 지상에서도 영원히 멀어져갈 것이다.

아이의 노란 비옷은 그보다 더 조그마해서 나는 유리창에다 손바닥을 대본다.

어린 시절 만져본 십자매의 배는 작고 동그랗고 따뜻했는데, 조금만 힘을 주어 쥐면 금세 터져버릴 것 같아 얼른 놓아주었었지. 톡톡 뾰족한 노란 부리로 집어먹는 것이 귀여워 국수 가락을 하염없이 주다가 그 새는 배가 불러 죽고 말았다. 새가 낳았던

하재연

작고 따뜻하고 동그랗게 하얀 알들. 아침이면 작은 나뭇가지 둥지에 놓여 있었던.

왜 내게로 온 걸까. 어째서 이곳에 온 걸까. 하루에 한 번씩 나를 용서해주기 위해 온 것일까. 작은 신의 발자국이 저 장화 속에 포개져 있는 것일까.

투명하게 반짝이는

아이는 반짝거리는 것을 좋아한다. 처음 사달라고 했던 분홍 토끼 이후, 아이가 손가락으로 가리키며 사달라고 졸랐던 것은 갈색 뿔이 동그랗게 말린 유리 양 세 마리, 붉고 노란 물감이 볏에 흩뿌려진 것 같은 유리 닭 두 마리, 선인장과 반짝이는 하얀 모래와 가짜 기린이 서 있는 유리 테라리움 같은 것들이었다. 조심해서 만져야 해. 그렇게 뿔을 부딪치며 놀다가는 뭐든지 깨어지고 말 거야.

아이는 종종 유리 동물들의 뿔이나 귀를 상하게 했다. 조금 더 크고 나서 아이가 관심을 가진 것은 유리 수족관 안의 세상이었다. 거기에는 빛이 일렁여 수초가 흔들리고, 죽은 나무 위로 이끼가 자라고, 흰 산호가 놓여 있고, 블루 벨벳 새우와 네온 테트라, 황금 안시와 구피같이 속이 투명하게 비치는 수중 생물들이 헤엄쳤다.

그들은 그 세계가 진짜라도 되는 것처럼, 서로 쫓고 쫓기고, 껍질을 벗고, 똥을 길게 늘어뜨리고, 새끼를 낳고, 제가 낳은 새끼를 잡아먹고, 죽고, 시체를 뜯어 먹고, 생명을 유지했다. 그러면서도 한없이 바라보고 싶을 만큼 근사하게 헤엄쳤다.

어린 시절, 나만의 예쁜 것을 거의 가져보지 못했다. 엄마가 없이 자랐던 아버지와 할머니 손에서 성장했던 엄마에게는 아마도 쓸모없지만 예쁘고, 귀하지만 소용에 닿지 않는 것들에게 매혹을 느낄 만한 기회도 환경도 주어지지 않았을 것이다.

엄마는 달콤하고 고소한 냄새가 퐁퐁 풍기는 카스텔라를 밥솥에 만들어주었지만, 예쁜 원피스나 가방이나 리본 같은 것들을 딸에게 골라주는 취미가 없었다. 학교 대표로 뽑혀 전국 백일장에 나가기로 한 어느 날, 입고 갈 변변한 옷이 옷장 속에 하나도 없던 나는 심통을 부리며 입을 내밀고 침묵하고 있었을 것이다. 뒤늦게 치마에 벌룬이 들어간 흰 원피스를 엄마가 사서 학교로 가지고 왔다. 고작 그런 것 때문에 심통을 부리고 있다는 사실과 엄마에 대한 서운함과 미안함으로 갈팡질팡 마음이 복잡해진 나는, 갈아입기를 굳이 거절하고 말았다.

그 백일장에 시제로 나왔던 '구름'이 무연하게 뭉게뭉게 흘러가는 장면을 보는 것을 좋아한다. 가끔은, 낡은 바지를 입고 상급생 오빠와 같이 백일장 대회장으로 떠날 때의 마음과, 하릴없이 돌아가 집 옷장에 걸려 있었을 둥실한 흰색 원피스가 떠오르기도 했다. 그리고 그것을 가지고 돌아가던 엄마의 등을 떠올린 것은 한참 나이가 들고 나서의 일이다.

기르는 사람

봄이면 아파트 단지 안으로 들어오던 이동 식물 트럭에서 한두 포트 재미 삼아 구입한 후, 계절이 지나면 정리하는 것. 집 안으로 식물을 들인다는 것은 내게 그 정도 일이었다. 그러다 베란다에 조금씩 식물이 들어차게 된 것은, 아이가 어린이집에서 받아온 방울토마토 모종을 심으면서부터였다. 열매를 키워내기 위해서는 적절한 양분과 보살핌이 중요했다. 부직포 화분에 양분이 충분하여 포실포실한 흙을 들이붓고, 아이와 함께 모종을 심고, 창문 열기를 게을리하지 않았더니 키가 초록 기린처럼 높이 자라 지주대를 해주었다. 천장까지 닿는 것도 모자라 줄기를 덩굴처럼 휘어 늘어뜨렸다. 빨갛게 토마토가 익어갈 때 아이는 햇빛처럼 밝게 산란하는 목소리로 엄마, 이거 봐 우리 따먹을 수 있겠다 이거 내가 가져온 거지? 방울방울 웃었다.

애플 민트는 문지르면 사과 냄새가 난단다. 엄마 이거 봐 예쁘지, 여기 꽃에 묻어 있는 건 꿀 같은데 찍어 먹어볼까? 이끼가 구름 같아, 예쁘니까 파가지고 가 기르자, 엄마. 얘는 왜 이렇게 나무가 뚱뚱해? 이제부터 뚱뚱이라고 부르자 엄마. 엄마, 오늘 학교에 가는데 무지개가 떴어, 쌍무지개야. 진짜 예뻤는데 엄마 있는 데서도 보였어?

기르는 일은, 돌아보고, 대답하고, 얼마나 컸는지

커서 휘청거리지는 않는지 날마다 알아보고, 더운지 아픈지 무서운지 차가운지 감지하는 일이다. 그럴 때 어떤 마음이 되는지, 자기도 잘 모르겠는 마음을 꺼내어 말할 수 있도록, 시간과 눈길을 천천히 쏟으며 기다려야 하는 일이다.

식물은 건조하면 잎끝이 갈변했다. 과습일 때도 잎끝이 타들어갔다. 다른 장소에서 멀리 건너온 그들을 이곳의 흙과 바람과 물로 키워내는 일은 쉽지 않았다. 죽어버렸거나 고사 직전인 생명체의 뿌리를 파내어 쓰레기봉투에 넣는 일에는 도무지 이력이 붙지 않았다.

그리고 아이는 뭐가 예쁜지, 예쁜 건 왜 좋은 건지, 좋은 걸 보면 어째서 나누고 싶어지는지 날마다 새로 발견하고 내게 가르쳐주었다.

기르던 강아지가 이웃집 아저씨들에게 잡아먹힌 건, '국민'학교 2학년 때 일이다. 대문이 열리면 마당을 가로질러 달려가 동네를 쏘다니다 오곤 했던 작은 갈색 발바리였다. 날쌔고 영리해서, 해가 저물기 전에 귀신같이 집으로 돌아와 빨간 혓바닥으로 나의 손을 핥아주었었다.

아버지의 지방 발령으로 한 달간 여름방학을 지내고 돌아온 참이었다. 복날이 막 지나가고 있었지. 엄마의 묵인이 있었다고 했던가, 농담처럼 지나가듯 옆집에서 말하는 걸 들었다고 했던가. 엄마, 아빠 역할을 나누어 소꿉장난하고, 만화방에 함께 가 순정만화를 고르고, 매운 떡볶이도 어묵 국물에 씻어 나누어 먹었던 옆집 언니에게 전화를 걸어 물었던가 말았던가. 다시는 그 언니와 놀자고 할 수 없었다.

그날 이후로 나의 어떤 세계가 돌이킬 수 없이 훼손되었다. 어린이의 부서진 마음을 알아차릴 만큼의 시간과 눈길을 지니고 기다려주는 어른이 내 주위에는 없었다. 나는 훼손되고 부서진 마음의 껍데기 위에 또다시 부서진 마음의 껍데기를 가까스로 얼기설기 이어 붙이면서, 청소년기를 지나고, 어른이 되었다. 딱딱하게 굳어진 마음이 물렁해졌다가는, 그 안의 흉하게 망가진 것들이 쏟아져 굴러떨어질 것 같아 잘 웃지 않고 사람의 눈을 똑바로 쳐다보지 못하는.

하재연

숲

평균율. 아이가 피아노를 친다.

잠들기 전 아이 곁에 누워 묻는다. 네가 크고 나서 엄마에게, 엄마 그때는 나한테 왜 그랬어? 라고 말하고 싶은 게 있다면 어떤 거야? 음…… 글쎄?

게임 너무 많이 하지 말라는 말? 커서도 그때 왜 그랬냐고 하지는 않을 거 아냐. 그렇지. 그럼 어떤 게 있을지 생각해봐. 음… 피아니스트가 꿈이라고 했을 때 그냥 취미로 하라고 한 거?

가슴에 쿵 하고 작은 진동이 인다. 있잖아, 엄마가 찾아봤더니, 너처럼 계속 쳤던 애들은 네 나이 때 시작해도 충분히 전공할 수 있다고 하네. 다시 시작해도 늦지 않았대. 해볼까? 아냐, 지금은 하기 싫어. 늦었다는 생각이 들어서 그래? 할 수 있다니까. 하기 싫다니까 그러네. 엄마한테 왜 그랬냐고 할 것 같다면서. 후회하는 거 아냐?

그런 게 아니라, 나중에 안 하게 되더라도, 피아니스트를 꿈으로 더 오래 갖고 싶었단 말이야.

십자매, 병아리, 강아지, 토끼, 강아지, 거북이, 팬지와 작약, 그리고 또 강아지. 어른이 되기까지 길렀던 것들. 병이 들거나 시들거나 무언가를 잘못 먹고 죽어버리거나, 그도 아니면 결국 어딘가로 보내진 것들. 버지니아라는 미국의 동부에 잠시 머무르고 있었을 때, 시골로 보내진 강아지가 꿈에 나왔다. 집으로 전화를 해 안부를 물었더니, 차에 치여 죽었다고 했다. 눈알이 유독 까맣고 동그래서 이름을 머루라 붙였지. 등에는 물감으로 찍어놓은 것 같은 점박이 무늬가 세 개 있었다. 또 곰이, 그리고 또 돌돌이. 아무것도 먹지 못하고 피를 점점이 토해 초콜릿을 놓아두었더니, 힘없이 핥아 먹었었는데.

나의 부모가 저 작은 생물체들을 기르게 된 것은 어린 우리들 때문이었을 것이다. 나 또한 어린 너의 마음을 조금씩 망가뜨리게 되고 마는 것일까. 너의 웃음은 왜 이렇게 아름다운 것일까. 무서운 순간이 있었다. 고르고 새근한 숨을 쉬는 아이 곁에서. 훼손된 세계를 떠올리면서. 너의 흰 발목을 씻으면서, 진도 앞바다에 가라앉은 소년과 소녀들의 발목을 생각하면서.

하재연

겨울 숲, 아이와 산책을 나가는 길. 낯선 동네였는데, 발목과 배가 하얀 검은 고양이 한 마리가 따라온다. 요 며칠 밥을 주어서인가. 배는 불렀을 텐데. 흰 털모자들을 여기저기 씌워놓은 것 같은 숲이다. 춥지 않니? 어디가 아프니? 우리는 저기로 들어갈 거야. 안겨서 갈래? 그건 아니구나. 그럼 여기 앉아 기다릴래? 너는 맨발이라 눈을 많이 밟으면 추우니까.

얼어 있는 겨울 강 위 빨갛고 가는 발로 자국을 내며 모여 서 있는 새들을 구경하고, 바위에 새겨진 부처님에게 소원을 빌고, 돌아오는 길이다. 어? 돌아오는 길이 반대 방향이네, 고양이가 기다리고 있으면 어떡해? 설마 아직도 안 가고 기다리고 있을까. 삼십분도 더 지난걸. 그래도 혹시 모르니까 가보자, 엄마.

고양이는 수묵화에 새겨진 정물처럼 눈밭에 앉아 우리를 기다리다, 왜 이제 오냐는 듯 야옹 울며 내려온다. 그거 봐 엄마, 내가 기다릴 거라고 했지? 그거 봐 그거 봐. 아이는 검은 고양이를 쓰다듬으며 신기하고 흥분에 가득 찬 목소리로 팔짝거린다.

눈 쌓인 나무들. 풍경이 미세하게 달라진 것일까.

고양이가 앉았던 숲의 입구는 처음 들어온 그곳이 아닌 것만 같다.

하재연

약력

금정연

작가. 저서로 『서서비행』, 『난폭한 독서』,
『실패를 모르는 멋진 문장들』, 『아무튼, 택시』,
『담배와 영화』, 『그래서... 이런 말이 생겼습니다』가 있고,
공저로 『문학의 기쁨』 등이 있다.

김복희

2015년 《한국일보》 신춘문예로 등단했다.
시집 『내가 사랑하는 나의 새 인간』, 『희망은 사랑을 한다』와
산문집 『노래하는 복희』가 있다.

김상혁

2009년 《세계의 문학》으로 등단했다.
시집 『이 집에서 슬픔은 안 된다』, 『다만 이야기가 남았네』,
『슬픔 비슷한 것은 눈물이 되지 않는 시간』과
산문집 『한 줄도 좋다, 만화책』이 있다.

(김소형)

2010년 《작가세계》로 등단했다. 시집 『ㅅㅜㅍ』,
『좋은 곳에 갈 거예요』가 있다. 작란(作亂) 동인이다.

(남지은)

2012년 《문학동네》로 등단했다.

(박세랑)

2018년 《문학동네》로 등단했다.
시집 『뚱한 펭귄처럼 걸어가다 장대비 맞았어』와
그림책 『깔깔 주스』 등이 있다.

(서윤후)

2009년 《현대시》로 등단했다.
시집 『어느 누구의 모든 동생』과 『휴가저택』,
『소소소 小小小』, 『무한한 밤 홀로 미러볼 켜네』
산문집 『방과 후 지구』, 『햇빛세입자』,
『그만두길 잘한 것들의 목록』 등이 있다.

서효인

2006년 《시인세계》 신인상을 통해 등단했다.
시집 『소년 파르티잔 행동 지침』 『백 년 동안의 세계대전』
『여수』, 산문집 『이게 다 야구 때문이다』
『잘 왔어 우리 딸』, 『아무튼, 인기가요』 등이 있다.

오은

2002년 《현대시》로 등단했다.
시집 『호텔 타셀의 돼지들』, 『우리는 분위기를 사랑해』,
『유에서 유』, 『왼손은 마음이 아파』,
『나는 이름이 있었다』와 청소년 시집 『마음의 일』,
산문집 『너랑 나랑 노랑』, 『다독임』 등이 있다.

이근화

2004년 《현대문학》으로 등단하였으며,
시집 『칸트의 동물원』, 『우리들의 진화』, 『차가운 잠』,
『내가 무엇을 쓴다 해도』, 『뜨거운 입김으로 구성된 미래』와
동시집 『안녕, 외계인』, 『콧속의 작은 동물원』,
산문집 『쓰면서 이야기하는 사람』, 『고독할 권리』,
『아주 작은 인간들이 말할 때』 등이 있다.

(이안)

1998년 《녹색평론》에 시를 발표하고,
1999년 《실천문학》 신인상에 당선되면서
작품 활동을 시작했다.
시집 『목마른 우물의 날들』, 『치워라, 꽃!』,
동시 평론집 『다 같이 돌자 동시 한 바퀴』,
동시집 『고양이와 통한 날』, 『고양이의 탄생』,
『글자동물원』, 『오리 돌멩이 오리』, 『기쁨의 비밀』 등이 있다.

(조혜은)

2008년 《현대시》로 등단했다.
시집 『구두코』, 『신부 수첩』 등이 있다.

(하재연)

2002년 《문학과사회》로 등단했다.
시집 『라디오 데이즈』, 『세계의 모든 해변처럼』,
『우주적인 안녕』 등이 있다.

어린이의 마음으로

1판 1쇄 펴냄 2022년 5월 31일

지은이   금정연, 김복희, 김상혁, 김소형, 남지은, 박세랑,
         서윤후, 서효인, 오은, 이근화, 이안, 조혜은, 하재연

편집   서윤후, 송승언
디자인   한유미, 정유경

펴낸곳   아침달
펴낸이   손문경
출판등록 제2013-000289호
주소   03980 서울시 마포구 성미산로 153-16, 2층
전화   02-3446-5238
팩스   02-3446-5208
전자우편 achimdalbooks@gmail.com

ISBN 979-11-89467-64-7 03810

아침달